Silvia Montemurro

LA PICCININA

edizioni e/o

Edizioni e/o
via Camozzi, 1
00195 Roma
info@edizionieo.it
www.edizionieo.it

Art direction: Emanuele Ragnisco
instagram.com/emanueleragnisco
Copertina di Ginevra Rapisardi
Emilio Longoni, *La piscinina*, olio su tela.
Archivio Gallerie Maspes, Milano

ISBN 978-88-3357-670-1

FSC
www.fsc.org
MISTO
Carta da fonti gestite in maniera responsabile
FSC® C131267

Alla bambina che sei stata,
e che dimora ancora dentro di te.

A mio marito,
con tutto l'amore che posso.

Questo sangue, che scorre le membra diritte
della giovane, è il sangue che gela nei vecchi;
e suo padre che fuma in silenzio, a scaldarsi,
lui non salta, ma ha fatto la figlia che balla.
C'è un sentore e uno scatto nel corpo di lei
che è lo stesso nel vecchio, e nei vecchi. In silenzio
fuma il padre e l'attende che ritorni, vestita.
Tutti attendono, giovani e vecchi, e la fissano;
e ciascuno, bevendo da solo, ripenserà a lei.

CESARE PAVESE, *Paternità*
(da: Cesare Pavese, *Poesie edite e inedite*,
a cura di Italo Calvino, Einaudi, 1962)

Prologo

Non mi vorrà più bene.

Mi ha guardata come si fa con quelle castagne che una volta cotte non si aprono e quindi non si possono mangiare.

Ho rovinato tutto. L'unica figlia femmina non ha saputo renderlo orgoglioso.

Aspettavo da tanto quel momento. Avevo imparato la poesia a memoria, l'avevo ripetuta cento volte davanti allo specchio e una anche davanti a lui. Ma quando la mamma mi ha fatta alzare da tavola e salire sulla sedia, per recitarla a tutti i suoi amici che mi fissavano, le parole non sono volute uscire. Io e le parole non saremo mai amiche. Ci ho provato, ma ho balbettato solo un «Mi-mi-mi» inutile. I miei fratelli hanno riso di me.

Da ieri sera il papà non mi parla, ha mormorato che non era importante, ma io lo so che mente. Oggi è uscito con Roberto e Franco. Io mi sono rifugiata qui.

La mamma ha detto di avvolgere nella velina le saponette, così non si rovinano.

Mi piace aiutarla. Produce le saponette per tutto il quartiere, per la signora Natalia e per la moglie del dottore, che è venuta a visitare mio fratello e che a volte mi regala una caramella.

Le saponette sono tutte colorate, fatte con il sego di bue e l'olio di oliva. Amo quando la mamma mi passa la saponetta muschiata color cenere mentre sono nella grande tinozza e mi sposto avanti e indietro per far muovere l'acqua.

Ma succede di rado. Il papà dice che siamo così poveri da

non poterci permettere neanche di fare il bagno ogni due settimane. La mia amica Lisa si può lavare quando vuole. Quindi lei deve essere meno povera di me.

Ha anche una bambola, una vera, non fatta di stracci.

Io invece ho questo manichino. L'ho chiamato Rosa, come il mio colore preferito. È più alto di me, ma con lo sgabello arrivo a chiudere l'ultimo bottone della camicia che indossa.

La mamma lo usa spesso nei giorni feriali, per provare le sue creazioni. Lei non fa solo saponette, è anche una bravissima sarta e mi ha detto che un giorno anch'io potrò vendere i miei vestiti alle signore che li chiederanno.

Oggi però non lavoriamo e mi sto annoiando a morte.

Dovevo andare a pesca con i miei fratelli e il papà, ma alla fine hanno deciso di lasciarmi qui. Lo so che è colpa di quella maledetta poesia che non sono riuscita a recitare.

Di sotto non posso scendere, perché è arrivato un ospite importante. Prima ho sentito chiudersi il portone, poi la mamma che lo invitava a sedersi.

Ora non riesco più a udire niente.

Ho riposto tutte le saponette nella scatola, tranne una. Vorrei sfregarla su tutto il corpo e poi annusarmi. Però ho paura che la mamma se ne accorga.

Ho finito da un pezzo il mio lavoro, ho già confidato a Rosa tutti i segreti della settimana. Non è successo granché, ho solo conosciuto un'altra bambina, una *piscinina*[1] come me e la Lisa. Si chiama Angelica, è bionda e bellissima. Vorrei avere anch'io quei capelli, così lunghi e a boccoli, invece la mamma me li ha tagliati corti e mi ha fatto anche la frangetta. Mio fratello Franco dice che adesso sembro proprio un corvo nero. Il vestito, l'unico che ho, è così consumato che ci sono addirittura due buchi sull'orlo in fondo. La mamma ha promesso che presto me ne farà un altro. Ogni volta che cresco ancora un centimetro si arrabbia, perché deve attaccare altra stoffa all'abito. Vo-

[1] Venivano chiamate così le bambine apprendiste presso le sartorie di Milano.

leva tre maschi, credo, per non avere tutti questi problemi nel vestirli. Invece sono arrivata io.

Per la domenica ho un vestito rosa, a balze, che teniamo proprio dentro questo baule. Ci abbino un cerchietto dello stesso colore.

Forse di sotto c'è un principe, forse la mamma gli sta servendo il tè e stanno parlando di me e del mio matrimonio quando diventerò principessa.

Oggi è domenica. Almeno quando non lavoro posso indossare quel meraviglioso vestito.

L'ha confezionato la mamma, tramite un cartamodello simile a quello usato per una contessina a cui ha cucito l'intero guardaroba. La stoffa era della contessina, uno scarto che però bastava per la mia taglia. In fondo non sono così alta. Tra pochi mesi, quando compirò sei anni, forse me ne regalerà un altro.

Apro il baule e indosso il vestito, ripiego con cura quello da lavoro che uso sempre, sopra la camicia da notte. Prendo il cerchietto dello stesso colore e la collana di perle blu che mi ha regalato il papà. Mi guardo allo specchio. Mi pettino la frangetta e sono pronta per conoscere il principe.

Apro piano la porta. Voglio che sia una sorpresa. Sono in soffitta da tutta la mattina, la mamma capirà e sarà contenta di aver qualcosa da mostrare al suo ospite.

Sento che bisbigliano e non capisco perché: nessuno sta dormendo.

Sono seduti sulla poltrona di papà, quella davanti al camino. La mamma sta sul bracciolo e fuma una sigaretta. Il suo ospite non è elegante come me l'aspettavo. Ha i capelli ricci e neri.

Lei mi vede subito.

M'inguscio sotto il tavolino del corridoio, ma ormai è troppo tardi.

«Nora» mi chiama, «vieni subito fuori di lì e saluta come si deve».

Il fuoco del camino si sta spegnendo. Di solito è mio compito raccogliere la cenere, che serve alla mamma per le sue saponette.

«È tua figlia?» chiede l'ospite.

«Sì, la piccola impertinente doveva stare di sopra, si è anche messa il vestito della festa».

La mamma ridacchia. Non l'avevo mai sentita emettere quel suono. Sembra un gorgoglio. Non capisco perché con noi non ride mai in quel modo.

Esco dal mio nascondiglio e sento le guance in fiamme.

«Ma che bella bambina» dice il signore, «ha i tuoi stessi occhi, Lucrezia».

Non è vero. I miei occhi sono grigi, quelli della mamma blu, come le perle che mi ha regalato il papà.

«Lavora già con me, è una piscinina».

La mamma lo dice con orgoglio.

«Ma quanti anni ha?».

«Sei».

Anche questa è una bugia, perché io compio gli anni ad agosto e adesso è aprile. Quindi ho ancora cinque anni.

Giocherello con il "telegramma", la scatola che dobbiamo portare noi piscinine, con dentro i vestiti delle signore.

«Io sono Emilio» si presenta l'uomo, «Emilio Longoni».

Mi sorride e prende la matita che ha dietro l'orecchio.

«Puoi stare ferma così?».

Io non capisco, ma rimango immobile perché quel signore sembra buono, anche se con gli sconosciuti non sempre è facile comprenderlo.

La mamma sbircia il disegno, poi fa ancora quella risata che viene dalla pancia.

«Il mio pulcino bagnato» dice. Non mi ha mai chiamata così. Forse qualche volta ci ha chiamato Franco o Roberto, in quel modo. Ma me, mai. L'ho sentita dire che le femmine sono un grande grattacapo.

Mette una mano sulla spalla del pittore.

Lui fa una smorfia compiaciuta.

«Po... posso muovermi, adesso?» chiedo.

Le parole sono uscite quasi tutte in ordine. Forse il pittore non si è accorto di nulla.

La porta si apre di colpo.

Mio padre entra con tre grandi pesci dietro la schiena. La sua espressione è gioiosa, ma quando vede il nostro ospite il sorriso gli scompare dal volto. Non voglio che sia di nuovo deluso da me. O che si arrabbi con la mamma.

«Lucrezia, metti l'acqua a bollire» mormora.

La mamma si alza di scatto dalla sua poltrona e anche il pittore, che mette subito via il disegno.

«Tu» dice rivolto a me, «accompagna questo signore alla porta».

La mamma tiene gli occhi bassi. Emilio non la saluta.

Mi avvio verso il pianerottolo insieme al pittore, che ha rimesso la matita dietro l'orecchio sinistro e sbuffa.

I miei fratelli mi passano accanto, con altri pesci, ma non mi dicono nulla. Ci sono abituata. Mi parlano solo se devono.

«Grazie, piccolina» mi dice Emilio, «e mi raccomando, ogni tanto pensa anche a giocare».

Vorrei dirgli che mi piacerebbe tanto giocare, ma che ho poco tempo. E poi ho solo un manichino, che non è neanche mio.

Rientro subito in casa perché ho paura che il papà si arrabbi.

La mamma si è infuriata perché sono scesa dalla soffitta e non le ho obbedito. Il papà non è stato contento di trovare quel signore in casa nostra. Non mi guarda più. Adesso, oltre che per la poesia, se l'è presa perché con la mamma c'era quell'uomo.

I miei fratelli si sono mangiati il pesce. Io invece sono stata mandata a letto senza cena e sono qui nella stanza, al buio. Presto arriveranno anche Franco e Roberto e come al solito si metteranno a parlare tra loro sotto le coperte.

Sento la voce del papà che chiede ai miei fratelli di andare a prendere la legna in cortile. Il fuoco dev'essersi spento.

La mamma non ha detto una parola da quando sono in camera.

«Che sia l'ultima volta che porti quell'individuo in questa casa» sbraita il papà. «Se lo ritrovo qui ti sbatto fuori per i capelli. A te e tua figlia».

Ho freddo. Non mi capita mai, ma la coperta ruvida non riesce a scaldarmi.

Ripenso al gorgheggio della mamma. Mi sembra di sentire il suo corpo rigido come quello del manichino mentre annuisce e mette a posto i piatti.

Forse sarebbe meglio andarcene, io e lei, adesso che il papà non mi vuole più bene. Chissà se quel pittore non possa trovarci un'altra casa. Una bella come quella della Lisa.

Il papà è sempre più infuriato. Grida alla mamma parole brutte.

Provo a portarmi le mani alle orecchie, me le tappo. Ma la sua voce la sento lo stesso.

1.

23 giugno 1902
Camposanto, Milano

Mi nascondo in mezzo alla folla, mischio il mio sudore con quello delle bambine più piccole, accalcate nella calura di fine giugno.

Mi son la piscinina, mica la schiava, dicono le bambine spaccando il telegramma davanti alle maestre.

Sono combattive. Ma disorganizzate. Aspettano un segnale dalla più grande.

Sono io la più grande. E, arrivata a questo punto, odio esserlo.

A casa sono la minore, prima di me due maschi. Lasciata sempre indietro nei discorsi, sulla strada di campagna, per le vie della città, ora mi tocca comandare.

Non credo di esser buona a tanto. Mi sono rassegnata all'idea che la mia voce incespicherà sempre sulle parole. Non potrò mai fare tutti quei discorsi che ho nella testa e che, quando sono da sola, escono così bene.

Non ho mai osato sfidare il vento a testa alta.

Ora di vento non ce n'è, c'è solo il caldo di Milano e il vociare incessante delle compagne più piccine.

Per fortuna i miei fratelli sono al lavoro, o vedrebbero la loro Nora in mezzo alle piscinine e mi prenderebbero in giro. Oppure farebbero finta di non conoscermi. Sono in piedi su queste assi che fungono da palchetto, messe lì dalla Giannina, che le cose le fa per bene o niente. Tutte volevano salire sulle assi, siamo in tante, ho cercato di nascondermi dietro le loro trecce, o dietro i capelli tenuti a crocchia, ma sono già alta e spicco. Io che di solito mi confondo così bene tra la folla. Ho voluto questo momento e, adesso che ci sono, mi vengono i brividi.

La maestra Ester ha un ghigno sul volto e le braccia conserte mentre osserva il nostro raduno dalla sua postazione, davanti al negozio di stoffe che dà sulla piazza. La maestra ha tentato di insegnarmi qualcosa, in questi anni. Amica di mia madre fin da quando non ero altro che un fagottino appoggiato al suo ventre, mi ha accettata con sé perché la mamma non voleva che avessi solo lei per imparare il mestiere.

«Dammi tua figlia per qualche ora al giorno. Al laboratorio c'è sempre da fare. Una mano in più ci sarà utile. Ai pasti per le *tosanett*[2] ci pensiamo noi».

Non è stata cattiva, la maestra Ester. Si è solo comportata come tutte le altre.

Piccola, dunque serva. Ho sempre fatto le consegne con il telegramma, la scatola di cartone che è cresciuta come un guscio sopra le mie spalle. Più diventavo grande e più quell'odioso contenitore di cartone era ingombrante ed enorme, sembrava quasi di sentire il peso di un cadavere sopra la schiena.

C'è da consegnare un vestito dall'altra parte della città? Ci pensa la piscinina.

C'è da pulire il pavimento della sala prove? Cosa la sfamiamo a fare, quella piscinina?

Mi sono fermata ansimante molte volte, sulle scale della palazzina della maestra Ester. Una mattina mi ha visto suo figlio, Claudio.

«Che fai, ti riposi? Io ti sfamo e tu ti permetti di oziare?».

Avevo la vista annebbiata, il fiato corto, mi sono appoggiata al muro. Lo scatolone mi è caduto dalle spalle.

Claudio ha sbuffato.

«Mamma è troppo buona. Le ho detto di prendere un'operaia vera, a servizio. Non una mocciosa».

Sono rimasta zitta. Ho avuto paura che mi picchiasse. Clau-

[2] Bambine.

dio lavorava alla Pirelli e lo avrebbero presto promosso capo. Ora è davvero uno che conta, lì dentro. Ci ha fatto lo sciopero, insieme ai dipendenti Pirelli. Ma allora per me era solo un ragazzo di quelli che ti picchiano se non gli vai a genio.

Ha sputato sulle scale e se n'è andato.

Un istante dopo mi sono venute in mente le parole con cui ribattere. Sempre quando è troppo tardi.

Se la maestra vuole un'operaia, deve pagarla. Io sono qui per imparare il mestiere e ancora non ho avuto occasione di prendere ago e filo per cucire una semplice gonna.

Conosco i miei diritti. Mio padre raccomandava sempre a noi tre figli di non farci mettere i piedi in testa.

In questi anni mi ci hanno messo di tutto, in testa. Fiocchetti e nastri per provarli, dato che ho la stessa misura della contessina, foulard a imitazione di chissà quale moda proveniente dalla Francia, cappelli con le piume così pesanti da far venire il mal di capo.

Una volta anche uno spillo. Mi hanno infilato per sbaglio uno spillo nel cuoio capelluto. I miei capelli corvini avevano lo stesso colore del cappellino da lutto nero, che si doveva indossare a mo' di cuffia. La moda. Le sarte, nel provarmelo, hanno confuso la stoffa coi capelli. C'ho ancora la cicatrice, talmente ho sanguinato. Non ho potuto urlare, mi hanno tappato la bocca, medicata come potevano, mi hanno fatto girare con una fascia nei capelli e dovevo anche far finta che fosse un gradito regalo.

«Che guardi?» mi chiede la Giannina.

Ha qualche anno meno di me, la conosco da sempre, ma ho imparato a rivolgermi a lei solo in questi giorni. Da quando abbiamo deciso che le regole del gioco devono cambiare.

«La maestra Ester».

Giannina sorride.

«Vedrai cosa le combiniamo, a quella lì. A tutte. Altro che i loro scioperi. Questo sarà qualcosa di più».

Mi dà una pacca sulla spalla, con le sue mani forti. La Giannina ti ribalta con lo sguardo, figuriamoci se ti tocca. Sembra un ragazzo, coi muscoli sulle braccia e quei capelli corti. So che qualche ragazza è qui per lei, mica per altro. Siamo tutte un po' affascinate dalla Giannina.

«Ne stanno arrivando delle altre, guarda. Persino le apprendiste delle modiste».

Me lo dice fiera, perché si sente a capo di questo esercito di piscinine.

Sono ancora una piscinina, sì. Forse lo sarò per sempre. Anche se ho quasi sedici anni e il seno s'intravede sotto il vestito. Anche se continuo a piangere quando penso che il papà non c'è più. Anche se vorrei giocare con il manichino in soffitta.

Quando ci siamo radunate, ieri sera e l'altro ieri sera, la gente intorno ci guardava ridendo.

«Vi ha detto mamma di scioperare?» ci ha preso in giro un'operaia.

«Guardale, che tenere» ha incalzato un'altra, «quella lì fino all'altro ieri era attaccata alla tetta della balia».

Molte di queste piscinine sono bambine così piccole che il telegramma è più grande di loro. Alcune ci inciampano e fanno solo danni. Vengono rimbrottate e, come cavalli dopo una frustata, ripartono.

Le maestre si sono avvicinate e hanno chiesto spiegazioni alla Giannina.

Me, come al solito, mi vedono sempre dopo. Ci sono abituata.

«È sera, andate a casa» ha detto una maestra.

«Vogliamo parlare con voi» ha urlato la Giannina.

«Di cosa?» ha riso la maestra, spalleggiata dalle altre.

«Delle nostre condizioni di lavoro».

«Ma se vi sfamiamo da quando siete nella culla» ha ribadito la prima. «Che volete, altro latte?».

Si sono messe a ridere.

La Giannina si è girata verso di me, come a chiedere il mio

consenso. Sono solo la più grande di questo gruppo di bambine, quella che ha più esperienza, quella che sa scrivere il proprio nome se ha il tempo di pensarci un po'. Ma non so parlare in maniera adeguata. E per fare lo sciopero ci vuole qualcuno che tiri fuori la voce.

Non sto bene dentro questo quadro, neanche se provo a figurarmelo disegnato dall'Emilio. Mi farebbe con la frangetta che non porto più ma che a lui piaceva tanto, e disegnerebbe con cura gli stivaletti neri. Non sarei sullo sfondo, ma al centro. Davanti a me, lo stuolo di piscinine.

«Mi… minaccia l-lo scio… sciopero» ho mormorato.

Mi è venuto in mente così, mica ci ho riflettuto, ho pensato che siccome la parola sciopero mette sempre a disagio tutti, avrebbe messo a disagio anche loro. Il papà mi ha insegnato che le grandi lotte per i diritti partono sempre dalle rivolte del popolo. Quindi anche noi ci potevamo ribellare.

Una bambina mi si è avvicinata e mi ha mostrato il dente traballante.

«Non ora» ho detto, spingendola via.

È tornata. Mi ha scambiata per la sua mamma, sempre se una mamma ce l'ha.

«Balla» ha mormorato. Ha fatto dondolare il dentino avanti e indietro.

«M-ma quanti anni hai?» ho chiesto, mentre Giannina diceva alle maestre che volevamo il doppio dello stipendio, apprendere il mestiere, niente straordinari.

E loro ridevano.

La loro risata mi scendeva giù nella pancia e riecheggiava insieme alle risa dei fratelli quando provavo a sillabare una parola, insieme a quelle dei compari di mio padre quando avevo balbettato quella poesia.

La bambina mi si è attaccata al vestito.

«Sei anni, quasi. Mi aiuti?».

«Do… dov'è la tua mamma? Che ci fai qui?» ho chiesto.

Si era detto con Giannina solo le più grandi. Non tutte. Ma quella pensava ai fatti suoi, mica ascoltava me.

«Ridono di noi» mi ha detto la Giannina, mente mi chinavo a guardare se il dente si poteva strappare.

Mi sono sentita prudere le mani. Basta ridere delle piscinine.

«Scio… scioperiamo».

La Giannina ha annuito.

A me sono venuti i brividi. Siamo piccole. Possiamo scioperare o ci rinchiuderanno tutte dietro le sbarre?

Mai fare qualcosa di cui non si conoscono le conseguenze, diceva il babbo. Però lui è morto. Forse comprendeva il risvolto insanguinato della sua protesta e non gli importava. O forse no.

Sono rimasta china sulla piccola, ho preso un lembo del suo vestitino.

«Ora t-tiriamo via questo dente ca… capriccioso» le ho detto.

«Sì, grazie».

Ho sentito che in mezzo al trambusto la Giannina ha pronunciato la parola sciopero.

Le maestre e i fattorini hanno riso ancora più forte.

La Giannina mi ha cercata, ma io ero nascosta tra le compagne, appresso al dentino di Chiara. Quel piccolo dente da latte era così fastidioso per quella povera bambina. Nessuno mi ha vista. Nessuno doveva sapere che ero lì.

Che la Giannina si prendesse la colpa di tutto.

Lunedì sarei entrata in bottega dalla maestra Ester e ci avremmo riso su.

«Ti farà un po' m-male, ma poi questa sera lo… lo metti sotto il c-cuscino e arriva il topolino a portarti qualche s-sorpresa» ho rassicurato Chiara. Quando parlo a bassa voce e sono sicura di quello che dico, le parole sono piacevolmente ordinate nella mia testa ed escono allo stesso modo.

La Giannina ha urlato «Sciopero!», alzando un braccio al cielo per farsi coraggio da sola. Le altre ragazze, colpite da quella mossa, le sono andate dietro e hanno iniziato a urlare quella parola, qualcuna con la erre ancora biascicata.

Ho tirato forte quel dente, che mi è rimasto nella mano, coperto dal lembo del vestito. Il sangue ha iniziato a uscire dalla bocca della bambina. Le ho messo sul palmo il dentino, lei ha sorriso, poi si è accorta del sangue.

«Tutto no... normale» l'ho rassicurata, «t-tienici il ditino e smette subito».

Ha annuito e, invece di ringraziarmi, si è messa a gridare anche lei «Sciopero!», mentre intorno a noi tante gambe di piccole donne si muovevano.

L'ho presa in braccio, un rivolo di sangue mi è caduto sulla guancia.

La Giannina si è girata e mi ha vista mentre iniziavo a urlare anch'io «Sciopero!», alzando la bambina più piccola della comitiva che a sua volta mostrava la bocca macchiata di rosso.

«Forte l'idea del sangue» mi ha sussurrato la Gianna, prendendo la mia mano sinistra e alzandola insieme alla sua destra. Con l'altro braccio reggevo la piccola.

«Sciopero!» abbiamo urlato tutte insieme.

Mi sono sentita meno debole del solito. Tra il sudore e la calca, ho visto le maestre andarsene scuotendo la testa. Una ha mormorato: «Domani ce la pagano, queste *tosanett*».

Nessuna di noi ha dormito, la scorsa notte.

Ci siamo date appuntamento in piazza Campo Santo perché ci devono vedere tutti quando marceremo verso il Duomo, e poi da lì alla Camera dei lavoratori. Eccolo il nostro piano.

Solo che questa mattina non ho idea di cosa bisogna fare e so che anche la Giannina è confusa. Siamo in tante, oggi sembra che la voce si sia sparsa. Era ciò che volevamo, certo. Destare notizia. Fare confusione. Migliorare le nostre condizioni.

Ma io so il vero motivo per cui sono qui. Voglio fare qualcosa per cui mio padre sarebbe fiero di me. Intendo smettere di balbettare davanti alla folla. Voglio che la gente la finisca di trattarmi come una bambina ritardata.

La magnolia davanti alla schiena del Duomo è già tutta fiorita, non l'ha sciupata neanche la pioggia incessante di due notti fa. Da piccola, quando ho iniziato a fare le prime commissioni in giro per Milano, mi incantavo a guardarla, la faccia in su e le mani che cercavano di racchiudere i petali in una presa a vuoto. Ai miei occhi, lei era la custode del Duomo, quella che proteggeva la sua parte meno in vista, l'abside. Me l'ha insegnato l'Emilio, che ha studiato tanto, ma così tanto che credo quella testa un giorno o l'altro gli scoppierà. Mi ha condotta dentro il Duomo, prendendo il telegramma per me, reggendolo sulle sue spalle forti, sembrava così leggero a vederlo. Alla mamma non gliel'ho mai detto che ogni tanto l'Emilio mi ha fatto da guida. Nel Duomo, proprio sul lato che si vede da qui, le parti più belle sono quelle nascoste. Uno può anche ammirare la navata, sì, ma come dice bene l'Emilio, l'abside non ha confronti. Abbiamo girato dietro l'altare maggiore e ci siamo ritrovati davanti a vetrate enormi, che con il sole giocano a riflettere i colori sul viso. Lui mi ha mostrato anche dove sono i sarcofagi, con dentro delle persone importanti, ma non sono mai riuscita a memorizzare i loro nomi.

«Ci siamo tutte» dice la Giannina, soddisfatta.

Distolgo lo sguardo dalla pianta dei miei ricordi.

Con la coda dell'occhio vedo la piccola del dente da latte che sgomita verso di me. Dovrò trattarla male o non me la scollerò più di dosso. Ha ancora l'abito macchiato di sangue e mostra fiera il buchetto tra i denti.

Non è giusto che debba venire su così, sporca e affamata di abbracci.

Mentre me lo dico, penso a quando ero piccola e giocavo con le saponette. Ricordo ancora quell'odore che avevano gli abiti di tutti noi, in famiglia. La nostra pelle, i nostri capelli, sapevamo di oliva e cenere.

La Giannina dice a tutte di stare in silenzio.

La maestra Ester ha gli occhi puntati nei miei. Sembra che stia parlando, ma è solo nella mia testa. So cosa direbbe.

Tanto non dici mai nulla. Non ti riesce. Ti ho anche bucata con uno spillo e sei stata zitta. Mio marito ti ha trascinata dentro la cantina e tu ti sei lasciata toccare, io lo so. Voleva controllare che il seno stesse crescendo. E neanche allora hai parlato. Non dirai niente perché sei una vigliacca. Mi hai portato il caffè per anni, Nora. E sarà sempre così.

Non riesco a reggere quello sguardo.

Il profumo della magnolia invade le mie narici.

«Allora sia… siamo pronte» dico alla Giannina.

Le gambe devono rimanere salde.

«*Cosa creden!*»[3] urla la Giannina. Adoro quella sua voce chiara e limpida.

«*Cosa creden!*» grida ancora più forte. «*Perché semm tosanett che abium de faa la serva a la maestra e ai tosann de scola?*».

Un contraltare di voci si aggrega alla sua.

Ci ha preso gusto.

«*Vomm a scola per imparàa el mestee*» continua, mentre tutte ripetono le sue parole.

«*Minga per faa la serva!*» conclude. Alza il pugno.

Sto per urlare anch'io che combatteremo. Che anche se siamo femmine è ora di smetterla di trattarci male. Sto per esplodere insieme alle altre, che ormai hanno sovrastato la voce della loro capitana.

Poi mi giro e la vedo.

La Lisa. La mia "Lisa bella", come mi piaceva chiamarla, quando in camera sua si lasciava pettinare i capelli castani, che terminavano in boccoli in modo naturale.

«Lisetta, hai i capelli più belli di quelli della contessina» le dicevo.

Lei mi guardava dallo specchio e arrossiva.

«Fammi una treccia, che poi ti pettino io» rispondeva.

[3] Da: *Le Piscinine alla Camera del Lavoro*, *L'Alba*, 23-24 giugno 1902.

La Lisa è mia amica fin da quando ero piccola. Lei era la piscinina di mia madre. I miei fratelli erano tutti e due innamorati di lei e mi sa che lo sono anche adesso. Forse anch'io ero un po' innamorata della Lisa, perché quando lei ha deciso che nel nostro duo doveva entrare anche un'altra piscinina, l'Angelica, non ci ho visto più. Ho fatto di tutto perché non si unisse a noi. Ma ho fallito miseramente.

Perché alla Lisa, a un certo punto, i miei complimenti non bastavano. Le mie pettinature erano sempre le stesse, non conoscevo le ultime mode come l'Angelica, che era più sveglia di noi due messe assieme, perché aveva una sorella maggiore che le aveva insegnato come va il mondo.

La Giannina segue il mio sguardo, mentre le piscinine continuano a urlare.

«E lei invece?» chiede quando la vede. Non sfugge proprio niente a questa ragazza.

La Lisa non fa più la piscinina già da qualche anno, è normale che la Giannina non l'abbia incontrata. Indossa un vestito azzurro che le fascia la vita e si apre in basso a coprirle i piedi, ha i capelli pettinati all'insù che la fanno sembrare più grande. È accompagnata dal cugino, perché una ragazza per bene non gira per le strade di Milano da sola.

«U-una che l-lavorava a casa mia» rispondo.

La voce mi si è abbassata, si è fatta roca. Non avrei più il coraggio di gridare altro.

Alzo una mano in segno di saluto, ma Lisa si gira dall'altra parte.

Lo so che mi disprezza. Non ho uno spasimante, l'unico che avevo davvero a cuore me l'ha portato via lei in un soffio e ho sentito dire che si sposeranno presto.

Invece l'Angelica si è trovata un giurista che le fa la corte, un uomo che conta, così non dovrà più lavorare in bottega per il resto della sua vita.

Non sono cresciuta. Il poco seno che mi fa male non vuole saperne di esplodere come ha fatto il suo, anni prima. Gli occhi, che erano il mio punto di forza, si sono spenti a furia di vedere sempre le stesse cose e non so curare questi capelli, che adesso ho imprigionato in una crocchia qualunque.

La Lisa mi voleva bene come la sorella che non ho mai avuto. A lei avevo fatto conoscere la mia Rosa, provavamo i passi di valzer in soffitta, fingevamo di avere due mariti e di scambiarceli nel cuore della notte.

Con la Lisa ho scoperto la differenza tra noi donne e i maschi, quando ci siamo spogliate sul retro di casa sua, nel cortiletto dove c'erano i maiali, e ci siamo nascoste in mezzo alla paglia nude, a toccarci.

«Questa qui loro non ce l'hanno» mi ha detto la Lisa sorridendo, e mi ha sfiorato il ventre.

Ha aperto le gambe e io ho guardato la sua, che mi sembrava diversa, più scura della mia. Volevo toccarla anch'io, ma lei si è messa a ridere e si è stretta le ginocchia al petto.

«Sei come i tuoi fratelli» mi ha detto quel giorno.

«Perché, cosa hanno f-fatto?» mi sono preoccupata.

Lei ha serrato le labbra e scosso la testa.

«Però tu non hai quella cosa lì in mezzo» ha continuato, divertita.

Io avevo visto i miei fratelli nudi, pensavo che fosse normale essere così diversi, ma la Lisa mi aveva fatto notare una cosa nuova.

Si sono fatti la guerra per lei lungo tutta l'infanzia. E poi lei ha scelto un altro.

La Lisa aveva deciso che quella parte femminile doveva essere il mezzo del suo riscatto. Io avevo preso una strada diversa. Per lunghi anni ho provato a scimmiottare lei e l'Angelica, mentre chiuse in soffitta provavamo vestiti e pose sensuali. Mi prendevano in giro, ogni volta che toccava a me imitare l'inchino di una dama dicevano che forse ero più brava a fare il maschio.

«Non è colpa tua se nessuno ti ha insegnato» mi consolava l'Angelica.

Ma io non ci credevo.

Per me è sempre stata una colpa, non apparire bella. Non essere mai al posto giusto, neanche per finta, neanche ritratta. C'era sempre qualcosa che non andava bene.

Quel giorno, sul retro della casa della Lisa, avevo fatto fatica a togliere i vestiti. Però non era stato solo quello: avevo avuto voglia di toccarla e lei non me lo aveva permesso. Mentre quando era stato il suo turno io l'avevo lasciata fare, sentendomi immobile e sgraziata, una statua di sale. Quando mi aveva accarezzata e avevo sentito l'esigenza di fare la pipì, me n'ero subito vergognata, ma invece di ritrarmi avevo socchiuso le labbra e sperato che lei mi rassicurasse, che mi dicesse che era normale anche quello. Che il cordoncino che tirava sotto il mio ventre non fosse una specie di malattia.

Poi mi ero sentita in imbarazzo. Avevo voltato lo sguardo.

Non mi sono mai più voluta spogliare davanti a nessuno.

Ancora non ho capito come si faccia a far perdere la testa a un uomo perché, quando qualcuno mi piace, nella testa c'è un gorgoglio di suoni e nel ventre un groviglio pronto a scatenarsi, ma all'esterno sono impassibile, fredda. Sembro la mamma davanti al mio letto quando ero io che stavo male. Sbuffava e si prendeva cura di me, ma non mi ha mai fatto una carezza. Ogni volta pensavo che fosse colpa mia. Che non fossi degna di quegli abbracci che elargiva ai miei fratelli.

La Lisa prende il braccio di suo cugino e s'incammina verso il Duomo. È solo una che lavorava per la mamma, mi ripeto.

Ma non riesco a convincermi.

Anche noi dobbiamo andare in quella direzione.

«Aiutami» mi dice la Gianna. «Aiutami a guidarle, per favore».

«S-sei il nostro capitano» la rassicuro, «ve... verranno ovunque, con t-te».

La voce non mi dà tregua. Il mio cervello pensa in modo corretto, ma la lingua batte sempre una volta in più. Serro le labbra.

«Andiamo, lavoratrici! Sciopero!» urla la Gianna. Dal piccolo petto piatto si eleva l'orgoglio della nostra battaglia.

Non importa più, adesso, che la Lisa non approvi. Fa nulla se non ho l'età per giocare alla piscinina. Questo non è un gioco. È la realtà di chi è sottopagato e sfruttato solo perché non ha marito e una famiglia ricca alle spalle. E non ha, soprattutto, dei bei capelli castani che terminano in boccoli in maniera naturale.

«A-andiamo!» le faccio eco. La voce inizia a risalire dallo stomaco, non più roca ma solida, come prima.

Mentre c'incamminiamo dalla chiesa di Santa Maria Annunciata verso piazza Duomo, la piccola inciampa sui miei piedi. Siamo tutte con gli zoccoli che fanno rumore sul selciato, le scarpe buone solo nel dì della festa, molte di noi neanche ce le hanno.

«Che fai?» protesto.

«Ti ho raggiunta» dice lei e mostra il buco tra i denti.

«B-brava, ora cammina».

«Io sono Chiara» insiste lei, «e tu?».

«Nora. S-sono Nora»

«E chi è quel signore che state chiamando?».

Davanti a me la folla delle piscinine si ferma. C'è un trambusto che non riesco a capire. La Gianna è più avanti, sta litigando con un'altra donna. Forse è la sua maestra, venuta a riprendersela. Vorrei farmi avanti e urlare alle altre di non fermarsi al primo ostacolo, ma Chiara, con le sue braccia attorno alle mie ginocchia, me lo sta impedendo.

«Vie… vieni qui» dico e la prendo in braccio.

Chiara insiste.

«Chi è il signor Sciopero?» chiede.

«Que… quello che stiamo tu… tutte chiamando…» rispondo, a fatica. Quando m'innervosisco le parole escono ancora più lentamente. Chiara mi guarda con la testa reclinata da un lato. Come se fossi un animale diverso, però simpatico. Conosco bene quello sguardo. Mi è stato rivolto da tutti i parenti e gli amici del papà. Una figlia che balbetta, dicevano, che tenerezza. Ma le passerà. Mio padre annuiva e non rispondeva.

Mi guardo intorno.

Alcune maestre sono atterrite, cercano di riprendersi le adorate piscinine, promettono che andrà tutto meglio. Ma poche riescono ad agguantare le loro preziose aiutanti, perché siamo un corpo unico di braccia e gambe che ha deciso di muoversi insieme. I cavalli sono costretti a fermarsi, dalle carrozze spuntano volti di uomini e donne indignati.

«Che son tutte queste *zabette*!»[4] si lamenta una contessa scostando la tendina della carrozza.

Una ragazza mi passa un nastro rosso.

«Da mettere al braccio» dice. Lo indossiamo tutte. Deve essere stata un'altra idea della Giannina. Io questa cosa del fiocchetto non la capisco, non ne abbiamo abbastanza di nastrini e altre scemenze? Però lo indosso e sto zitta, perché ci manca che iniziamo a litigare tra di noi per queste sciocchezze.

«Te lo metto io» dice Chiara, che è abituata ad annodare nastri, come tutte noi.

Le mamme delle piscinine più piccole cercano di trascinarle fuori dal gruppo, qualcuna si azzarda a dare uno scappellotto. Il corpo unico delle piscinine si ribella e fagocita la malcapitata. La respinge, dopo averla spintonata. La donna si rimette al suo posto e strilla: «*Credevi no che la Marietta la gavess tanto fidegh!*»[5].

E le amiche a consolarla che andrà tutto bene, che è solo un capriccio, che presto smetteremo.

«Quando arriva il signor Sciopero?» torna a chiedermi Chiara.

Sono la più grande. Che io lo voglia o no, ho scelto di essere qui. Ho pure lottato per questo momento, anche se adesso mi sento fuori luogo.

[4] Pettegole.

[5] Non credevo che la Marietta avesse tanto fegato!

Zittisco la voce che pulsa nelle mie tempie, che mi spacca in due e mi dà vertigine. Non sei buona a nulla, Nora. Sai solo guardare e non toccare, hai quasi sedici anni e sei una zitella. Vaghi per le vie di Milano credendo che ti accolga, ma sei risucchiata dalla voce delle altre ragazze. Perché la tua esce sbagliata.

Mi do uno schiaffo sulla guancia.

«Se… se… se lo chiami forte poi viene» sussurro alla piccola, «fai co… come me» la incito.

La metto a terra, le stringo la mano e alzo il pugno sinistro. Inspiro.

«Scio… sciopero!» urlo. Lei fa lo stesso.

Più grido, più le voci nella mia testa diventano bisbigli.

Le altre mi imitano, stiamo dando l'impressione che qualcuno sappia cosa stia facendo.

Ci muoviamo, lentamente ma ci muoviamo, i carri si scostano, il tram si ferma per lasciarci passare, i vecchietti si tolgono il cappello e scuotono il capo, e noi cominciamo finalmente a marciare senza più intoppi.

La Giannina, a capo del corteo, mi sorride.

Qualcuno mi vede. Posso farmi sentire anch'io. Ho trovato il mio posto. Anche se non avrei mai avuto lo stesso coraggio della Gianna, di urlare in quel modo tutto quello che mi passa per la mente.

Mentre cammino mi pare di vedere, in mezzo alla gente che si sposta al nostro passaggio, la testa mora di Achille.

Ma adesso non ha più importanza.

2.

23 giugno 1902
Camera del Lavoro

Si va in piazza Du… Duomo, prima» sussurro a Chiara. Faccio segno alla compagna che mi sta accanto di tenere per mano la bambina.

Non voglio che mi vedano con la più piccola del gruppo. Vorrei stare a capo di questo corteo insieme alla Gianna.

Lei alza il pugno, non si fa intimorire dagli sguardi di disapprovazione dei passanti. Tengo la testa alta allo stesso modo, anche se le mie pupille ogni tanto si distraggono alla ricerca di persone che potrebbero riconoscermi. Se è successo con la Lisa potrebbe capitare con chiunque. Non ho ancora compreso se questo mi turba o mi inorgoglisce.

Inizia a far caldo, ho la fronte sudata. In piazza Duomo ci arrestiamo per urlare ancora una volta che stiamo scioperando, che siamo forti e determinate.

Qualche signore si mette a ridere, ci chiede dove stiamo andando. Giannina non gli dà retta e inizia a chiamare alcune di noi per stare in testa al corteo.

«La Maria, la Betta, la Nora, l'Aurelia e io» dice poi, quando ci raduna in prima linea, «siamo la commissione che tratterà con le maestre».

La Maria ha poco più di sette anni. Credo che neanche sappia cosa voglia dire *commissione.* Ma sembra decisa, più di quelle compagne che hanno già un po' di seno sotto le vesti e al posto dello sciopero sembra vogliano fare una sfilata. Mi vergogno di loro.

Siamo sotto il monumento in onore di Vittorio Emanuele,

ancora così scintillante, come il giorno in cui è stata collocata la statua. All'inaugurazione c'era il papà, ricordo che si è tolto il cappello e quasi piangeva.

«Tu non hai idea di cosa abbia significato per me» mi confidò quel giorno, «lottare per la patria».

Invece un'idea me l'ero fatta, perché il papà amava raccontarcelo, alla sera, quando ci scaldavamo tutti insieme davanti al camino, mentre la mamma ricamava e ogni tanto alzava lo sguardo su di lui.

La storia che preferivo, tra scontri e lotte e uomini uccisi per l'indipendenza, era quella dei sigari. Mi dava l'idea di un certo tipo di libertà, la libertà che si ha nello scegliere o meno di fare qualcosa, anche solo accendersi una sigaretta. Il papà raccontava quella storia dal principio, dall'idea che aveva avuto un certo Giovanni, di cui non ricordo il cognome, di boicottare il tabacco.

«Boicottare» diceva, scandendo bene le parole, «imparalo anche tu, Nora, cosa vuol dire. Che magari un giorno ti servirà. Una parola preziosa».

Annuivo e rimanevo ad ascoltare, mentre la mamma scuoteva la testa, certa che quella parola non mi sarebbe mai rimasta impressa. Invece so benissimo cosa significa boicottare, perché il papà lo raccontava così bene. Gli italiani boicottarono il tabacco come forma di ribellione ai soldati austriaci ed esattamente in quell'anno, il 1848, mio padre era uno di quei ragazzi che accanto al teatro della Scala lasciava che i soldati nemici gli sbuffassero in faccia il fumo.

«Io non mi feci imbrogliare, sapevo che era tutta una manovra per farci arrabbiare e provocarci» raccontava il papà, mentre Franco e Roberto pendevano dalle sue labbra, «ma c'era un tale, un giovane ufficiale, che esagerò con Arturo, un mio compagno: s'infilò in bocca una grande quantità di sigari e lo provocò. Arturo resistette per poco, nel silenzio che ne seguì, poi non ce la fece più e piazzò un bel ceffone sulla faccia dell'austriaco».

Roberto si metteva a ridere, a questo punto della storia, mentre al papà veniva voglia di fumare e spesso si accendeva un sigaro.

«L'austriaco, però, non era uno qualunque. Bisogna sempre stare attenti a quelli con cui si attacca brighe. Era il conte Alberto Neipperg, nientemeno che il figlio di Maria Luigia. Dovete capire che ricevere uno schiaffo da un milanese era un'umiliazione insopportabile. Così rientrò in caserma e ordinò ai suoi soldati di farcela pagare».

«E voi?» chiedeva Franco.

Tutti conoscevamo la risposta, ma ci piaceva sentirla sulla bocca del papà.

«Noi decidemmo di combattere» rispondeva lui con fierezza.

Se penso alla fine che ha fatto mio padre, la statua e quei racconti ora mi piacciono un po' meno. Ma lui è morto anni dopo, per un'altra battaglia, che forse a confronto gli sembrò anche banale.

«Si muore per delle sciocchezze» ripeteva spesso.

E in fondo aveva ragione.

Sospiro e guardo Vittorio Emanuele.

L'Emilio mi ha spiegato che la scultura è tutta in bronzo e raffigura il condottiero che frena il cavallo, mentre si volta a incitare i suoi, prima dell'attacco. Non avrei mai pensato che ci saremmo collocate proprio sotto questa enorme opera d'arte a dividerci i compiti. A mostrare che facciamo sul serio. La Giannina ha un po' quell'espressione di incitamento del condottiero, forse se l'è studiata di notte, sta di fatto che non potrebbe essere più convincente.

La Betta pende dalle sue labbra e si porta la mano al petto, come se stesse per scoppiarle. Io guardo la bocca della Giannina muoversi, sta parlando dei tanti punti che dovremo discutere alla Camera del Lavoro. Peccato che non riesco a restare concentrata. Forse è il sole così alto o il fatto che mi faccia male la nuca, come se avessi uno spillo che mi punge da dietro.

Mi giro e scorgo di nuovo la testa dell'Achille.

L'Aurelia si appoggia al mio braccio e si lamenta del caldo.

Io vorrei che lui si voltasse verso di me, adesso, e mi vedesse davanti alla statua di Vittorio Emanuele, con il nastro rosso e l'aria da Giovanna d'Arco.

Ma forse anche in questo caso sceglierebbe la Lisa.

Sono passati quasi tre anni da quando ho avuto il coraggio di parlargli. Lo vedevo sempre, l'Achille, il garzoncello con i calzoni corti, che ogni tanto se le buscava di brutto e veniva buttato fuori dalla bottega del droghiere, tra insulti e minacce. Passavo col mio scatolone, lui sistemava unguenti ed erbe fresche in vetrina, scaricava le merci, faceva i conti e spazzava all'ingresso del negozio. Ho in mente l'Achille con quella scopa vecchia in mano e il suo sorriso a metà, con la bocca storta, quando mi vedeva e i suoi occhi castani ridevano nei miei. Non ci salutavamo, ma ci riconoscevamo da lontano, almeno io ero sicura che fosse così, perché mi sembrava che lui si attardasse sulla soglia solo per incrociare il mio sguardo.

Avevo tredici anni quando mi decisi a dirgli «Ciao».

Lui si scostò i capelli neri dal viso, li teneva lunghi fino alle guance, sembrava una femmina.

«Ciao» rispose.

Appoggiai il telegramma sul marciapiede e sospirai. Nonostante fosse solo ottobre avevo le dita gelate.

«Pesa molto?» domandò.

«Ci... ci sono abituata» risposi. Mi pentii di avergli rivolto la parola, ma lui sembrò non accorgersi che balbettavo.

«Ti chiami Nora, vero?».

Sentii le guance incendiarsi.

«Co... come fai a saperlo?».

Lui si strinse nelle spalle.

«Lo so da un pezzo. Tuo fratello ti ha chiamato, un giorno, per la via».

«E tu?».

«Io che?».

«Come ti… ti chiami?» chiesi.

«Achille».

Mi guardai gli zoccoli. Sapevo di dover ripartire, ma c'era quel suo profumo speziato a tenermi inchiodata, le sue mani sul manico della scopa, con le dita così sottili, la camicia usurata che sembrava tre volte la sua taglia. L'Emilio avrebbe potuto ritrarlo, un giorno. Proprio con quello sguardo nero lì.

«De… devo andare» dissi. Lui mi aiutò a mettermi in spalla lo scatolone e mormorò: «Quanto pesa». Mentre lo sistemava mi sfiorò il collo con le dita.

«Grazie».

«Ci vediamo».

Mi fece l'occhiolino.

Mi portai dentro quel gesto tutto il giorno. Ogni tanto sfioravo il collo, come se volessi sentire la traccia della sua mano sulla mia pelle.

Quando la sera feci la strada a ritroso, per tornare a casa, lui era nella drogheria e non mi vide. Ma io riuscii a spiare i suoi gesti, mentre consegnava un pacchetto a una signora e si portava i capelli dietro le orecchie, come una ragazzina.

Non vedevo l'ora di raccontarlo alla Lisa. Lei sapeva dell'esistenza di questo garzoncello, perché qualche volta gliene avevo parlato.

Feci di corsa le scale di casa e trovai la mia amica che stava per andarsene.

«Ci vieni, dopo, all'androne?» le chiesi.

Ci trovavamo sempre lì, sotto l'androne del suo palazzo, che era a metà strada tra casa mia e quella dell'Angelica.

Ormai mi ero abituata a condividere la mia Lisa con quell'Angelica, che stabiliva tutte le regole da quando eravamo diventate un trio.

«Certo, ci vengo eccome. Questa sera devo darvi una notizia importante» mi preannunciò la Lisa.

«Pe… perché bisbigli?» chiesi, indispettita.

Uno dei miei fratelli ci stava osservando, mentre caricava la legna accanto al camino.

«Non voglio che qui mi sentano. E poi è un segreto, dài. Lo deve sapere anche l'Angelica, nello stesso momento in cui lo sai tu».

«Va be… bene» mi arresi.

Bruciava nel petto come una sconfitta, ma non ero più la sola nel cuore della Lisetta. Però forse anch'io, quella sera, potevo raccontare qualcosa di bello alle mie due amiche.

Mangiai la zuppa senza voglia. Da quando il papà era morto in casa c'era sempre un'atmosfera tesa. La mamma andava avanti con i lavori di sartoria, ma non usciva mai, se non quando strettamente necessario. I miei fratelli parlavano dei cambiamenti che sarebbero avvenuti di nuovo, a Milano, e come al solito il loro primo pensiero andava al tram. Mio padre aveva odiato da subito quel nuovo mezzo di trasporto. Ne avevano discusso spesso, fin da quando erano iniziate a girare le prime voci sulla tratta e sul taglio del nastro. Ricordo perfettamente il suo scetticismo nei confronti dell'inaugurazione il giorno dei morti[6].

«Partirà da piazza Duomo» aveva detto Franco, «tra meno di un mese».

«E dove arriverà?» aveva chiesto mio padre.

«Fino all'Arco della Pace».

«Che diavoleria» aveva commentato, «non si sta bene così? Adesso uno ha bisogno del tram per andare all'Arco della Pace».

«Sarà nero e rosso, collegato con dei fili» aveva aggiunto Roberto.

«La finissero di fare questi esperimenti e pensassero al benessere dei lavoratori. Cavi sospesi in cielo. Un trabiccolo che sfreccia quasi da solo. Dove andremo a finire di questo passo?».

«Ci possiamo andare all'inaugurazione, vero?» aveva chie-

6 2 novembre 1893.

sto Franco, che tra i due era il maggiore, ma si comportava ancora come un bambino.

«Voi fate come vi pare» aveva brontolato il papà, «io avrò da fare. Un giorno che non si lavora, aspetta che vado a vedere un tram».

«E cosa c'è di meglio da fare?» aveva domandato Roberto, a cui piaceva provocarlo.

«Andare a trovare i nostri morti» aveva risposto il papà.

«Ci siete poi andati all'inaugurazione del tram?» chiesi, alzando la testa verso i miei fratelli.

Roberto mi fissò.

«Stai bene?» chiese all'improvviso.

«Non stavate parlando del tram? Proprio non me lo ricordo se voi due ci siete stati. Ma sono convinta che il papà non ci volesse andare».

La mamma mi diede uno scappellotto.

«Mangia, che si fredda tutto. Che ti stai lì imbambolata!».

Non mi accorgevo nemmeno di quello che stavo facendo.

Ingollai tutta la zuppa e chiesi il permesso per uscire. Indossai la mantella e i guanti. Potevo uscire molto di più, da quando il papà non c'era.

Scesi le scale di corsa e quasi gli ruzzolai addosso.

«Achille» mormorai, «c-co… cosa ci fai qui?».

Aveva un cappello di feltro enorme rispetto alla sua testa. Doveva averlo rubato al padre, o a qualche fratello più grande.

Fissai di nuovo le sue pupille nere.

«Volevo fare una passeggiata con te».

«Ma come fai a sa… sa… sapere dove abito?».

Non rise del mio balbettio. Si strinse di nuovo nelle spalle.

«Te l'ho detto, so tutto di te».

Quel giorno feci qualcosa di cui ora mi pento.

Mi sono sempre chiesta come sarebbe andata se non avessi

deciso che la Lisa e l'Angelica avrebbero dovuto vederlo all'istante, l'Achille, a braccetto con me. Potessi tornare indietro e cambiare un solo avvenimento, ecco quello che non ripeterei più.

Presentare Achille alle mie amiche.

Ma quella sera mi resi conto che passeggiare per le vie di Milano senza l'Angelica e la Lisa, sola con un ragazzetto, sarebbe stato fin troppo sconveniente persino per me, che alle regole non ci facevo troppo caso. Inoltre ero troppo orgogliosa per non mostrare subito il mio trofeo alle altre due.

L'Achille mi guardava come si guarda la cioccolata. Qualcosa di così raro da dover essere gustato.

E non la smetteva di sorridere.

Gli proposi di accompagnarmi dalle mie amiche, lo feci pensando che avrebbero smesso di sentirsi le uniche a poter essere corteggiate.

Non mi pareva vero che l'unico ragazzo che avevo mai nominato alla Lisa e all'Angelica fosse venuto a cercarmi a casa e mi stesse proponendo di trascorrere la serata insieme.

«Vuo... vuoi venire in un p-posto?» chiesi.

«Ovunque ti aggradi» rispose.

Mi porse il braccio. Riuscivo a immaginare l'espressione delle altre due, una volta comparsi davanti a loro.

Erano anni che la Lisa parlava di diversi ragazzi che le facevano la corte, ma mai nessuna di noi si era spinta a presentare qualcuno nel trio. Avevo sempre parlato dell'Achille, di certo se lo ricordavano.

«T-ti porto dalle mie amiche» dissi.

Di quel tragitto per Milano ricordo solo lui. La città, per una volta, non mi distraeva più con i suoi capitelli, i giardini proibiti, le sculture di qualche cimitero privato. Vedevo le sue mani, tagliuzzate dove il coltello ogni tanto gli faceva i dispetti e la lama prendeva di stralcio la carne, le sopracciglia folte, che mi veniva voglia di passarci sopra il dito indice, quel ciuffo che spuntava fuori dal cappello enorme. Era tutto per me. A un certo punto andò a sbattere con la spalla contro un lampione, perché mi raccontava qualcosa su di sé e non guardava dove metteva i piedi. Anche lui vedeva solo me.

Ricordo il tocco della sua mano sul mio braccio, mentre ci facevamo avanti in mezzo alle altre persone. Me lo ricordo così bene perché quella fu l'ultima volta che accadde.

Siamo arrivate al palazzo di via Crocifisso, dove da circa due anni è risorta la Camera del Lavoro. Davanti alla sede, prima di entrare la Gianna mi fa segno di incolonnare le mie compagne.

Prendo per le spalle le più grandi, chiedo un passaparola, le faccio entrare due alla volta. Dobbiamo salire alcuni scalini e poi infilarci nel portone, a fatica rimaniamo in ordine.

Una donna ci attende, ha un gran sorriso ed enormi occhiali da intellettuale, una camicia della sua misura, abbottonata fin sotto il mento.

«Sono Carolina Annoni, dell'Unione Femminile. Vi aiuterò con i passaggi e le procedure che dovete fare» ci spiega.

Gianna la ringrazia.

«Vi darò anche del cibo, dopo la discussione» promette.

La voce che ci sarà una "colazione" si sparge in fretta, soprattutto tra le più piccole, che fanno a gara per stare vicine a Carolina. Un uomo ci fa strada insieme a lei.

Cerca di nascondere un sorriso, ma riesco a scorgerlo, anche sotto i baffetti. Sta già ridendo di noi.

«Quello non è il pezzo grosso» mi sussurra la Gianna, sempre attenta a dove guardo.

E infatti, quando entriamo e ci fanno accomodare sulle panche di legno, alcuni sindacalisti sono lì ad attenderci.

Dietro di loro c'è lo stendardo rosso della Camera del Lavoro. Provo un brivido di soddisfazione a essere qui. In quei simboli disegnati sopra la stoffa riconosco alcune categorie di lavoratori di cui mi parlava il papà con orgoglio: metallurgici, meccanici, falegnami, ombrellai, canestrai.

«Cosa volete?» chiede il più vecchio, con il naso adunco e gli occhiali tondi, che fanno fatica a stare su. Dev'essere il Luigi Croce, quello che ha fondato la Commissione, almeno così mi aveva riferito la Gianna, quando aveva studiato le persone da cui saremmo andate per far valere i nostri diritti.

«Siamo qui per fare lo sciopero» dichiara lei, mentre l'aula si riempie di nastri rossi e braccia nude, odore di borotalco e sudore. Forse quella sala non le ha mai viste tante piccole donne insieme.

Il signore con gli occhialetti si gira verso i suoi compari vestiti con la giacca e la cravatta, e insieme se la ridono.

«Quali sono le vostre richieste? Avete redatto il documento?» chiede poi, facendosi serio.

Stringo i pugni.

Non abbiamo redatto nessun documento, la Gianna sembra smarrita. Però non si lascia intimorire e risponde: «Non ancora. Ma intendiamo fare le nostre richieste alle maestre, altrimenti non torniamo a lavorare. Vogliamo un salario migliore!».

Alla parola salario tutte si infervorano, persino le più piccole. Schiamazzano, battono i piedi, alzano i pugni.

Le maestre cercano di prendere parola, ci hanno seguite da piazza Duomo e ribattono alle voci delle altre.

Io taccio. Ascolto. Quando tutti parlano, mi viene spontaneo fare silenzio.

L'Emilio una volta me l'ha detto, che se faccio così finirò per vivere la mia vita subendo le decisioni di qualcun altro. Ma mica ci posso fare niente, se la voce mi viene fuori solo in certi momenti.

«Dovete scrivere i desiderata» ci spiega con tono benevolo il compare di Croce, «per far valere presso questa commissione i vostri diritti».

«Ma cosa volete scrivere!» ribatte acida una maestra. «*Turni a lavurà, zabette!*».

Si ricomincia a fare baccano. L'Aurelia sembra inferocita, è quella che urla più forte di tutte. Ha le guance piene, il seno generoso, ma è più piccola di me. Mi chiedo dove trovi tutta questa energia.

Mi faccio strada tra le compagne e raggiungo Gianna e le altre. Ha l'odore acre di chi sta sudando in tutto il corpo. Non sembra più così sicura. Cerca di cacciare indietro le lacrime.

«Che si fa?» mi chiede.

«Mi… mica possiamo dargliela vinta» rispondo, «io domani mattina non ci torno dalle ma… ma… maestre. Queste povere c-criste non possono continuare a v-vivere così. Noi non p-possiamo continuare così. Gliela facciamo vedere. Ci sarà una di… di noi che scrive bene. Scriviamo tutti i punti e torniamo domani».

«Brava, Nora. Diglielo» incalzano le altre.

«D-diglielo tu» dico a Gianna, mentre sento le orecchie diventare di fuoco.

«Che hai, ti vergogni?» incalza lei.

«Ma no, è c-che tu c'hai la voce più forte».

Non si è accorta che balbetto?

La Gianna mi dà una pacca sulla spalla, si vede che vorrebbe insistere, che non è poi tanto d'accordo. Ma alla fine le piace anche, fare la capa.

«Torniamo domani» grida per attirare l'attenzione di quelli, che hanno ricominciato a guardare scartoffie, «torniamo domani con i…».

Si volta verso di me.

«Come si dice?».

«D-desiderata» rispondo a bassa voce.

«Con i desiderata scritti. Lo sciopero continua».

Il signore con gli occhialetti annuisce, ci fa segno di uscire. Abbiamo ottenuto un appuntamento. È anche più di quello che potevamo aspettarci.

«Usciamo» dice l'Aurelia, che ha le guance sempre più rosse e un piglio che non le avevo mai visto prima, «e noi sei ci ritroviamo ancora in Duomo. Le altre, domani mattina!».

Mentre ci incamminiamo scorgo un fotografo che si dirige verso la Gianna.

«Lasciami» ringhia lei, che odia gli uomini. L'ho notato come li guarda, sembra un cane arrabbiato. Non sono affari miei, ma non credo che il giornalista volesse farle del male.

Quando usciamo è già pomeriggio inoltrato.

La Gianna si appoggia sulla mia spalla, le nostre compagne si disperdono in tutte le direzioni di Milano.

«Dobbiamo trovare qualcuno che sappia scrivere».

«Tu sai scrivere?» mi aveva chiesto Achille, quando stavamo per giungere a casa della Lisa, in questo ricordo che continua a frullarmi nella testa.

«So… solo il mio nome. A scuola ci sono andata po… pochissimo» avevo risposto.

«Io so leggere e scrivere, dicono anche molto bene» aveva ribattuto lui.

«Che altro s- sai fare?» chiesi.

Lui mi aveva messo un dito sulla bocca.

«Ascolta» aveva sussurrato.

Riconobbi subito la voce della Lisetta. L'avevo sentita cantare altre volte, quando giocavamo o quando ci ritrovavamo con le altre signore a lavare i panni.

Ma in quell'occasione era diverso. Stava cantando il *Va' pensiero* in maniera solenne, come un canto di chiesa, ma più forte e deciso. Le note della melodia riecheggiavano nell'androne, sfioravano il grande nespolo, i cespugli rinsecchiti, ridondavano tra le piastrelle di marmo del palazzo.

Achille aveva la bocca socchiusa e le mani sul petto.

Sono sicura che si innamorò della Lisa ancora prima di vederla. Solo perché sentì la sua voce.

Non volevo interrompere il canto, ma al tempo stesso mi

sentivo in agonia. Volevo che Achille tornasse a guardarmi allo stesso modo di prima, che mi mangiasse con gli occhi. Non mi rendevo conto di averlo già perso.

Arpa d'or dei fatidici vati
Perché muta dal salice pendi?
Le memorie nel petto raccendi
Ci favella del tempo che fu.

Non l'avevo mai sentita gorgheggiare così. Intonavamo spesso melodie insieme, perché quando cantavo non balbettavo affatto. Ci capitava di dialogare cantando. Però la sua voce non era mai stata così pulita.

Di quella canzone avrei voluto parlare con l'Achille. Raccontargli cosa significasse per me. Non era un discorso da niente. Il papà adorava il brano e lo cantavamo insieme dopo uno dei suoi racconti.

«Sapete» ci diceva, «quando noialtri sentimmo per la prima volta il *Va' pensiero*, capimmo subito che non era soltanto un'altra aria di quel Verdi. Era qualcosa in più. Rappresentava il sentimento patriottico».

«Patriottico?» chiedeva, come di rito, uno di noi fratelli.

«Parla di casa» si accalorava lui, «della vera patria, di ribellione. Noi ce la sentivamo dentro, ancora prima di iniziare a lottare. Dio solo sa quanti bravi uomini hanno perso la vita nella lotta contro gli austriaci. Ma quando tra le barricate c'era malumore, fame, paura, ecco che uno di noi intonava questo canto. Perché tutti la conoscevamo, tutti».

«Ce la canti?» chiedeva Franco.

Il papà sorrideva. Era uno di quei rari momenti in cui mi sentivo al mio posto, seduta accanto alla mamma, la testa sulla sua spalla, ad ascoltare il papà che cantava il *Va' pensiero*. Ci chiedeva sempre di intonarla con lui e io cantavo senza balbettare. Lui mi guardava con un sorriso appena accennato, forse pensava che dopotutto la sua bimba fosse come tutte le altre.

Mi avvicinai e Achille mi seguì, in punta di piedi per non disturbare.

Quando ci vide, però, la Lisa s'interruppe.

«Eccoti qui, finalmente!» disse. Aveva le guance arrossate e gli occhi lucidi. Non capivo come facesse, ma sembrava ancora più bella di qualche ora prima.

L'Angelica era seduta sulle scale di pietra che portavano a casa della Lisetta e la ascoltava con il mento appoggiato sulle mani.

«C'è anche un amico» dissi, «lui è Achille».

Lisa diede di gomito all'Angelica e scoppiarono a ridere.

«Ciao» disse poi, «sono Lisa».

«Canti così bene» disse Achille.

Sembrava essersi dimenticato che mi aveva appena conosciuta e che era venuto fin sotto casa per stare con me.

«Sto imparando» rispose la Lisa.

«Non si impara a cantare, tu sai già cantare» dissi.

Volevo anche sottolineare che spesso cantavamo insieme, ma non mi riuscì di dirlo. Non ero sicura di essere brava come la Lisa. Non dopo quello che avevo sentito.

«Che sciocca che sei» disse la Lisa, «secondo te nascono tutte brave, le cantanti d'opera?».

L'Angelica mi prese per mano e mi fece sedere con lei sulle scale.

«La Lisa deve darci una bella notizia» mi disse.

«Lo so» mi affrettai a rispondere, «sono proprio curiosa».

«Forse è meglio che io me ne vada» disse Achille, «non volevo interrompere i vostri discorsi segreti».

L'Angelica lo stava squadrando. Si vedeva che anche a lei piaceva molto, perché quando un ragazzo non le era indifferente faceva sempre una certa espressione del viso. Gli occhi diventavano più aperti, le pupille si dilatavano, la bocca si schiudeva in un sorriso. Invece alla Lisa non sapevi mai cosa passava per la testa. Era questo che faceva diventare matti i miei fratelli.

«Che dici, è un piacere conoscerti» rispose la Lisa, «abbiamo già sentito parlare di te».

Tornarono a ridere. Sentii che stavo avvampando.

«Dicci, dài» la incalzai.

Achille si appoggiò a una colonna del palazzo. Si tolse il cappello e ci guardò tutte e tre, lì sedute, come se stesse soppesando i pomodori.

Non avrei dovuto portarlo lì. Non il giorno in cui finalmente ero riuscita a parlarci.

«Ho un nuovo lavoro» saltò su la Lisa, «farò da dama di compagnia alla contessina Rebecca».

«Co… cosa?» mi lasciai scappare.

La Lisa mi mise una mano sulla spalla.

«Lo dirò domani a tua madre. Mi spiace non essere più la sua piscinina, ma la mamma dice che adesso sono grande. E poi così posso prendere anch'io lezioni di canto e imparare a scrivere!».

«Complimenti» fece Achille, «una donna che vuole migliorare la sua posizione è davvero da ammirare».

Ma se tu ti fai buttare a calci fuori dalla drogheria, avrei voluto urlare. In quel momento desiderai prenderlo a schiaffi.

«Grazie» rispose la Lisa. L'Angelica la guardava con ammirazione. Io non riuscii a dire nulla.

Avrei voluto anch'io qualcuno che mi insegnasse a cantare come lei. E a scrivere.

«Prometto che quando imparerò a scrivere lo insegnerò anche a voialtre» disse la Lisa.

«E ci inviterai gratis al tuo primo concerto» scherzò l'Achille.

«Conosco qualcuno che s-sa scrivere m-molto bene» dico.

«E pensi che sarebbe disposto ad aiutarci?» chiede la Gianna.

«Ce… certo» rispondo, anche se non ne sono così sicura.

Non parlo da due anni con la Lisa. Ma almeno questo me lo deve. Dopo quello è successo, potrà ben scrivere una lista di punti per la sua ex amica del cuore.

3.

23 giugno 1902
Casa della Lisa, via Santa Maria Segreta

Andiamoci subito» suggerisce la Gianna, «solo io e te».

«Ma è quasi ora di cena» provo a protestare.

«E tu pensi che la rivoluzione si faccia con la pentola sul fuoco?».

La Lisa abita sempre nella stessa palazzina, dietro piazza Ellittica. La strada non è lunga, arriveremo proprio mentre stanno mangiando.

«So… sono solo cinque minuti da qui» dico.

M'incammino. La Gianna si accende una sigaretta mentre mi segue. Il chiasso che abbiamo provocato si è sgonfiato, rimaniamo solo io e lei, che in fondo neanche ci conosciamo.

L'idea di scioperare è nata quasi per gioco, quando ci siamo incontrate per strada, il telegramma troppo pesante e la fame negli occhi.

La Giannina mi è piaciuta da subito, con quel viso da maschiaccio e le dita svelte. Anch'io credo di piacerle molto. Forse cambierebbe idea se sapesse che a quasi sedici anni sono ancora vergine e smanio dietro a un uomo che non potrà essere mio.

L'uomo che alla fine diventerà della Lisa.

I giorni successivi all'incontro con Achille divennero una specie di incubo. La Lisa non lavorava più a casa mia, quindi non sapevo chi vedesse o cosa facesse. Ci incontravamo di sera, spesso nell'androne, qualche volta in piazza Duomo, e l'Achille era sempre con noi.

La contessina si faceva accompagnare in drogheria dalla sua dama, quindi la Lisa e l'Achille erano diventati amici. Quando rimanevamo sole, noi tre spettegolavamo su di lui.

«Un ragazzino come tanti» minimizzò la Lisa un giorno, mentre lo guardavamo andarsene col suo cappello di feltro enorme.

«Si dà tro… tro… troppe arie» confermai.

«Ma non eri tu quella innamorata di lui?» mi stuzzicò l'Angelica. Mi voltai verso di lei. Da quando Achille si era unito al nostro gruppetto, la voce della mia amica si era fatta più squillante e i capelli erano sempre acconciati di modo che qualche boccolo biondo scendesse sulle guance, come per caso. I miei, di capelli, crescevano in tutte le direzioni, ma mai che si formassero boccoli simili. L'Angelica era sicuramente la più bella tra noi. Riusciva a organizzare le nostre serate e a inventare sempre nuove cose da fare, come quando se n'era arrivata con certi giornaletti sul ricamo che aveva rubato alla sua maestra.

Ma la Lisa aveva qualcosa di più. Lo capivo da come Achille la stava a sentire quando parlava. Tutta la bellezza e la sicurezza dell'Angelica di fronte allo sguardo della Lisetta si appiattivano. Non era qualcosa che noialtre potevamo controllare. Di certo però dovevamo sembrare le due dame accompagnatrici della regina.

Entrambe le mie amiche avevano iniziato a portare il corsetto, più o meno da qualche mese. Io no, perché il seno non era cresciuto per niente e anche perché, dopo che il papà ci aveva lasciati, la mamma non badava a me e a queste cose.

La Lisa non lo stringeva quanto l'Angelica, che invece, da quando lo indossava, aveva imparato a mettere in risalto le forme.

«L'ho beccato a guardarmi le tette» disse l'Angelica.

«Certo» provò a zittirla la Lisa, «se tu gliele metti sempre davanti, uno cosa deve guardare?».

Le fissammo tutte il petto.

Lei fece una giravolta.

«Non vi pare che siano bellissime? Sono cresciute da un giorno all'altro».

La Lisa mi guardò.

«Verranno anche a te. E non è davvero niente di importante, credimi. Anzi, la sera quando si va a letto sono anche scomode».

«Vero» disse l'Angelica, «tu come dormi? A pancia in giù?».

Sbuffai.

«Piantala, Angelica» disse la Lisa, «non sono discorsi da signorine».

«E da quando siamo signorine?».

«Forse da quando c-ci accompagna l'Achille» suggerii.

«Ti piace?» domandò la Lisa.

Anche l'Angelica, a quella domanda, smise di fare la sciocca e si fermò per ascoltare la risposta.

Non potevo dire quello che pensavo. Che ero arrabbiata con tutte e due. Non potevo dire che, quando c'era l'Achille con noi iniziavo a sudare freddo, studiavo ogni sua mossa, contavo le frasi che rivolgeva all'una e all'altra. Cercavo di non balbettare, senza grandi risultati. Mi avrebbero presa in giro, o peggio, mi avrebbero invitata a uscire con lui da sola. Era proprio quello che volevo, ma a lui sembrava non importare più. Gli piaceva fare il gallo nel pollaio. E lo odiavo per questo.

«Mi piaceva, ma o-ora che l'ho conosciuto, fo… forse non è granché».

«Uno come tanti, come dice la Lisa» mi fece eco l'Angelica.

«E a te piace?».

Avevo posto la domanda in un sussurro. La Lisa mi sorrise.

«A me non piace nessuno» disse, «nessuno che sia meno di un conte, per essere precisi».

L'Angelica tirò un sospiro di sollievo.

«Io però vorrei che mi baciasse» ammise. Chinò la testa sul seno e i boccoli biondi le coprirono il volto.

«Cosa?» sbottai.

«Se a te va bene, intendo» mormorò Angelica, come se si sentisse in colpa.

«Certo che m-mi sta bene» mentii, «s-se poi ti guarda pure, io so… sono solo contenta per te».

La Lisa mi sferrò un calcio sulla caviglia.

«Ti accompagno a casa?» propose. Sembrava avesse fretta di andarsene.

«D'accordo. T-ti spiace?» chiesi all'Angelica.

«No, tanto domani mi sveglio all'alba. Sarà meglio che vada a riposare e a togliermi questo, che stringe» rispose, tirandosi il corpetto sul seno.

La lasciammo su una panchina di piazza Duomo, io e la Lisa ci prendemmo per mano e sgattaiolammo via senza voltarci, per una volta di nuovo solo noi due.

Non capii subito cosa stesse tramando la Lisa, ma in quel momento non mi dispiaceva affatto separarmi dall'Angelica.

«Ma l'hai sentita?» disse la Lisa, quando fummo abbastanza distanti.

«Ba… baciare l'Achille» sussurrai.

Pensai al sorriso di sbieco del mio garzone, a quelle labbra che ogni tanto si mordicchiava.

«Certe volte mi pento del nostro trio. Ma tu rimarrai sempre la mia amica del cuore. Ce l'hai portato tu l'Achille e sarà anche un bel *fiulet*, ma non è mica l'unico ragazzo sulla faccia della terra. No?».

«Appunto. Che r-rimanga solo n-nostro amico» suggerii.

Lei mi strinse la mano.

«Non lo avrà l'Angelica, te lo prometto».

Quando su Milano scende la sera, le voci si fanno meno acute, il sole illumina di arancio le finestre e le fontane. La casa della Lisa è sempre quella, vive ancora con i suoi genitori. Appena entriamo nell'androne mi sembra di risentire la sua voce che canta il *Va' pensiero*, l'aria fresca della sera mi porta l'odore familiare di pelle conciata e abete.

Mi fermo sulle scale e mi rivedo piccola, dieci anni prima, con quel vestito della domenica, rosa a balze, le mani conserte ad aspettare che la Lisa finisca di cenare. Ogni tanto mi invitava su, a prendere una tazza di tè bollente insieme alla sua famiglia. Le sorelle maggiori ormai si sono sposate, lei lo farà presto.

La Gianna mi segue senza parlare.

Arrivata davanti al portone, esito solo un istante. Mi pare di sentire l'odore della minestra di verdure che la sua mamma cucina tutte le sere. Cipolle, sedano, qualche patata.

Busso.

«Sì, arrivo» dice una voce.

È quella della Lisa.

Apriva sempre lei, anche da piccola. Si sporgeva sull'uscio, con quegli occhi castani dai riflessi dorati, i capelli che sapevano sempre di buono, non so come facesse.

Non si sporge, ma mi guarda con gli stessi occhi dai riflessi meno accentuati. Sembra stanca.

«Che cosa vuoi?» chiede. Guarda oltre me, studia la Gianna e pare riconoscerla.

«So... sono qui per la nostra causa».

La Lisa trattiene a stento un sorriso. Forse vorrebbe ridermi in faccia, perché balbetto esattamente come quando ero piccina e come l'ultima volta che ci siamo parlate. Ci dicevamo spesso che avrei smesso di balbettare, se lei mi avesse insegnato a cantare bene, con la giusta impostazione della voce. Poi non ce n'è più stato il tempo.

«Non sono più una piscinina, Nora».

Lo so bene. So che lei è arrivata da qualche parte e io no. Non è il caso di ribadirlo con quel tono di superiorità.

«Ma lo sei stata» le faccio notare.

«Come mezza Milano» ribatte.

La Gianna tossisce.

«Ti ruberemo poco tempo» promette. E la squadra come lei sa fare. Un ragazzo monello travestito da donna. Questo mi sembra.

La Lisa non è convinta.

«Chi è?» chiede la mamma della Lisa. Non la vedo in giro da un po'.

«Nessuno, mamma, ora arrivo».

«N-nessuno?» chiedo.

La Lisa mi lancia un'occhiataccia.

«Io non vi ho mai aiutate e voi non siete mai state qui. O così o niente» dice.

Si chiude la porta alle spalle.

«Allora, cosa volete?».

«Ci hai viste scioperare» rispondo.

«E allora?»

Il solito sguardo di sfida.

«Ci hanno chiesto di scrivere alcuni punti che vogliamo discutere con le maestre… Li hanno chiamati "desiderata"» spiega la Gianna.

«Brave. E io che c'entro?».

«Ci serve che qualcuno li scriva».

La Lisa fa una smorfia e mi guarda.

«Ti avevo detto che potevo insegnarti» mormora.

«A-allora» sbotto, «c-ci aiuti o no?».

«Aspettate qui» dice la Lisa e rientra in casa per prendere carta e matita.

Mi siedo sulle scale.

«Simpatica, la tua amica» scherza la Gianna.

Mi mette una mano sulla spalla.

«N-non siamo amiche».

Lei non ribatte niente.

Non siamo amiche, ma lo siamo state. La Lisa aveva i capelli più belli di tutte e mi piaceva pettinarglieli. Le passavo la saponetta sulle guance, lavavo i suoi vestiti per lei. Ho in mente tutte le smorfie della mia amica in ogni situazione in cui si è ritrovata. Le labbra serrate per non piangere, quando abbiamo saputo dell'Angelica. La faccia soddisfatta dopo aver assaggiato un pezzo di cioccolata. Il fiato corto per la fatica di dover portare il telegramma, con la schiena che si curvava per farlo stare in equilibrio e la nuvola di fumo bianco che le usciva dalla bocca per il freddo.

«Di' a tua madre che pesa troppo» mi chiese un giorno, «non ce la faccio a portarlo».

Annuii, ma non riferii mai alla mamma. Era tutto fuori posto: io andavo da un'altra maestra e lei veniva a casa mia, ad aiutare. Lucrezia era una maestra come le altre, ma a un certo punto non volle più che io fossi la sua piscinina. Diceva che dovevo imparare da una che fosse meno coinvolta. Invece il papà della Lisa, che pure avrebbe potuto trovarle un altro lavoro, credeva che lo spirito della figlia si sarebbe temprato, a fare un lavoro così. Stavano meglio di noi, i soldi la Lisa li conservava per la dote.

Ricordo gli occhi stretti a fessura mentre si concentrava a scrivere le sue prime frasi. E ce le leggeva ad alta voce, mostrandoci le lettere. Io non ho mai imparato.

«Ecco qui» dice la Lisa, tornata con carta e matita.

«Dobbiamo scrivere correttamente o sembreremo delle piccole analfabete» si raccomanda la Gianna.

La Lisa non la guarda e dice solo: «Voi dettate, io scrivo. Poi ve ne andate».

«Iniziamo così» propone la Gianna. «Spettabili Maestre e membri della Commissione della Camera del Lavoro».

La guardo, ammirata.

«Scrivo?» chiede conferma la Lisa.

«Sì» rispondo.

Osservo la sua mano destra compiere degli eleganti movimenti sul foglio. La scrittura mi sembra ancora un atto magico, invidio che lei si sia messa d'impegno per imparare.

«I punti li sappiamo» dice la Gianna, «li abbiamo ripetuti tante volte».

«Pu... puoi scriverli numerandoli?» chiedo alla Lisa.

«Certo» risponde, ma non mi guarda mai negli occhi.

«Dunque, il primo punto è il minimo di paga giornaliera a cinquanta centesimi. Basta essere sottopagate per fare le serve».

La Lisa scrive senza batter ciglio.

«Poi ci sono al massimo dieci ore di lavoro al giorno, e un'ora di intervallo per la colazione».

Lisa sorride.

«Un'ora intera? Non ve la daranno mai».

Sapevo che non sarebbe riuscita a stare zitta fino alla fine.

«E, ancora più importante» aggiunge la Gianna, che si sta infervorando come se fosse ancora in piazza, «occorre il pagamento delle ore fatte in più rispetto al normale orario».

«Quello non avviene mai» conviene la Lisa.

Mi sento di nuovo sparire.

Le guardo mentre iniziano a discutere su come inserire i vari punti e sento che il mio corpo è ancora lì, ma la mente sta vagando, come sospesa sopra le loro teste.

La Gianna sta facendo la corte alla Lisa, come tutti. Io sono stata eliminata al primo giro, come al solito.

Vorrei urlare che sono presente anch'io, che mi interpellino. Ma sono sempre quella bambina che nessuno prende in considerazione. Sono quella né brutta né bella, che aspetta di essere vista.

Ascolto gli altri punti, alcuni suggeriti con fervore dalla Lisa. Gli occhi le si sono illuminati e le guance hanno preso colore. La Gianna la ascolta, annuisce.

Abolizione dei servizi domestici.

Paga settimanale.

Il lavoro domenicale retribuito il doppio di quanto previsto attualmente.

«Cento per cento?» chiede la Gianna.

«Si dice così. Almeno non ci sono contraddizioni» spiega la mia ex amica.

«Dove hai imparato tutte queste cose?». La Gianna è sempre più ammirata.

«Ho lavorato anch'io, cosa credi. E poi ho avuto un bravo maestro».

Si riferisce all'Achille, è ovvio. Odio quel suo sguardo eloquente.

«Dobbiamo scrivere qualcosa sul peso del telegramma e poi ci siamo. Vero Nora?».

La Gianna si ricorda che ci sono pure io.

Annuisco.

Discutono.

Alla fine la Lisa rilegge i punti e l'ultimo del telegramma lo scandisce per bene, come se fosse diventata una sindacalista. Come se lo sciopero lo stesse facendo lei.

«Riduzione del peso del telegramma in modo che le bambine fino ai nove anni non portino un peso superiore ai quattro chili, e fino ai dodici anni non superiore ai dieci chili» conclude.

La Gianna applaude.

«Ci serviresti, Lisa» sospira.

Lei abbassa lo sguardo, compiaciuta.

«Non posso. A luglio mi sposo».

Lo sapevo già, ma sentirlo dalla sua bocca ha tutto un altro sapore.

«Allora g-grazie» dico.

Non vedo l'ora di andarmene.

«E di che. Auguri. Gianna, è stato un onore aiutarti».

La guardo, indispettita, ma lei continua a sfuggire ai miei occhi. Mentre sto per scendere le scale, mi afferra per un braccio.

«Ricorda il nostro patto» bisbiglia. «Nessuno. Mai. Vale sempre».

Il suo tocco mi fa rabbrividire.

Annuisco, poi raggiungo Gianna, che si tiene il foglio stretto al petto.

«Domattina presto lo portiamo alla Camera del Lavoro» dice, «e le cose cambieranno, Nora. Non lo stiamo facendo solo per noi, ma per tutte».

«T-tu perché lo stai facendo?» chiedo, mentre ci incamminiamo. Non so dove abiti, ma ho ancora voglia di bighellonare per Milano.

«Per il tuo stesso motivo. Per migliorare le nostre condizioni, no?».

La Gianna mi guarda.

«Sei diventata strana quando abbiamo visto la tua amica. Che è successo?».

Non posso dirle niente. Abbiamo stretto un patto, la Lisa ha ragione. Ci andrebbero di mezzo altre persone se parlassi.

«Sono s-solo stanca».

Lei non mi crede, lo so, ma non insiste.

«Forse non hai voglia di confidarti questa sera» bisbiglia.

«Non sono abituata, s-scusami» mi schermisco. Non so se per l'amicizia ci voglia allenamento, ma per me è sempre stata una questione di sforzo. Da quando ho cinque anni lotto per avere un'amica con cui essere davvero me stessa. E non ci riesco.

«Si vede che non ti fa bene, certa gente» prova a consolarmi.

Ha l'aria di chi ha provato cosa voglia dire soffrire per amicizia.

Mi arruffa i capelli, in quel modo dolce che potrebbe essere un gesto d'amore. Se non fosse che la Gianna è una donna.

4.

24 giugno 1902
Casa della Nora, Corsia del Giardino e piazza Ellittica

La mamma ha smesso di fare le saponette quando papà è morto. La casa ha cambiato odore. Diceva che non aveva più senso portare avanti anche quel lavoro, soprattutto da quando era rimasta sola a farlo. Io non riuscivo più ad aiutarla. Il papà non le ha mai dato una mano, perché lavorava già troppe ore come fabbro.

Anche il nonno faceva lo stesso mestiere, me li ricordo entrambi con le braccia sempre sporche di nero, gli occhi enormi per la stanchezza, le spalle forti. Roberto e Franco devono aver preso dalla mamma, perché al confronto sono gracili.

Entro in casa e sento tanfo di sigaretta. Mi manca l'odore del sapone. Non solo sui vestiti, ma sui pavimenti, sulla pelle della mamma, sotto le unghie.

«Sembra di essere nella cappa di un camino» dico ad alta voce.

Franco schiaccia la sigaretta nel posacenere e mi soffia il fumo in faccia.

«Ti aspettavo, Nora» bisbiglia, «non parlare forte, che la mamma già dorme».

«E Roberto?».

«È fuori».

Franco mi fa cenno di sedermi.

«Sono stanca, domani mi alzo presto».

«Siediti» insiste.

Ha l'aria di uno che non ammette un rifiuto.

«Non sei mio padre» rispondo. Ma non riesco a guardarlo negli occhi.

«Qualcuno deve pur farne le veci» ribatte. Si sfila la cintura.

Indietreggio. Sono troppo lontana dalla porta per scappare. Franco non ha mai fatto nulla del genere. Però ne ha buscate abbastanza per sapere come si usa la cintura sulla schiena.

Il papà gliele dava davanti a noi, una volta toccava a lui, una volta a Roberto. Mai a me. Mi sentivo esclusa anche dalle botte, perché poi leggevo negli sguardi dei miei fratelli quella complicità che con me non hanno mai avuto.

La mamma piangeva, diceva di smetterla. Sembrava sempre lo stesso copione. Io cercavo di non guardare. Però mi arrabbiavo. I pugni si chiudevano, le unghie andavano a graffiare i palmi, sentivo sulla pelle il peso della cinghia, anche se non è mai toccato a me. Volevo gridare «Basta!». Non volevo vederli soffrire, ma sapevo che sarebbe uscita una parola storpiata. Mi appiattivo in un angolo della stanza e rimanevo impalata, a tormentarmi le mani, pregando che finisse. Basta. L'ho detto tante volte dentro di me e mi sarei scagliata contro quell'uomo che si trasformava in aguzzino. Volevo vederlo solo come il papà che ci raccontava le storie del suo passato. I miei fratelli all'inizio urlavano, poi avevano imparato a stringere i denti e aspettavano solo che la furia di papà si placasse. Credo che picchiarli con la cinghia fosse quasi una cosa naturale per uno che era cresciuto in quel modo. Il nonno l'aveva fatto con lui, era un'abitudine che tramandavano di generazione in generazione. Un sistema educativo contro cui i progressisti, sui giornali che lui stesso leggeva, si scagliavano.

Brontolava, mio padre, mentre fumava la pipa: «Sì, aboliamo le cinghie e lasciamo che i nostri figli crescano come dei mollaccioni».

Era proprio convinto che fosse necessario.

«Perché non picchi anche me?» gli domandai una volta.

«Perché con le figlie femmine non si fa» mi rispose.

Però gli scappellotti mi arrivavano dalla mamma. Una divisione equa delle punizioni.

Le botte riservate ai miei fratelli lasciavano i lividi più pesanti. La mamma poi ci passava sopra un unguento e li coccolava. Quando le buscavo io invece nessuno veniva a dirmi nulla. Papà non mi proteggeva. Nei miei sogni di bambina desideravo sempre che lo facesse. Che si mettesse tra me e la mamma e dicesse: «La Nora non si tocca». O se proprio questo non era possibile, almeno che dopo gli schiaffi arrivasse a consolarmi, come faceva lei con i miei fratelli.

«Vo-vo-voglio sperare per te che tu non ti metta a colpirmi adesso» sibilo, «altrimenti urlo così forte che sveglio tutta la palazzina. M-mamma compresa».

«Il papà avrebbe dovuto farlo tempo fa, anche con te».

«S-so-sono una donna».

«Appunto».

«Franco, smettila».

Mi prende per un braccio e i nostri occhi così simili si incrociano.

«Ma che ti pi… piglia?» gli chiedo.

«Alla fabbrica ci stanno prendendo in giro, ecco cosa mi prende».

«E io co… c-cosa c'entro?».

Franco sorride. Le sue mani non mi lasciano il braccio, le dita gli puzzano di fumo.

«La causa sei tu» ribatte, «sei finita anche sul giornale».

«Ma cosa d-diamine dici!».

Mi viene alla mente il fotografo alla Camera del Lavoro.

«Scrivono delle piscinine, le *zabette* che vanno in giro a fare lo sciopero" come gli uomini» insiste lui.

«Lasciami» lo prego.

«Cosa volevi dimostrare, eh? Tu devi smetterla adesso. Ti chiudo in camera, se non vuoi andare a lavorare. Stai facendo vergognare la mamma. Stai facendo vergognare tutti. Non potevo avere una brava sorella come la Lisetta o l'Angelica, che hanno messo la testa a posto e sono diventate signorine? No, io ho te. Che ci fai vergognare, tutti quanti, con questa cavolata dello sciopero. La mamma ha dovuto parlare con la maestra, che non ti voleva più. È d'accordo a farti tornare, se smetti subito».

Mi divincolo e riesco a liberare il braccio.

Lui sbatte la cintura per terra.

«Non s-smetterò fino a c-che non otterremo q-quello che vogliamo!».

Franco sorride e scuote la testa.

«Tu sei tutta matta. Vergognati. Quella Giannina ti ha riempito la testa di merda. Cosa volete ottenere, che la metà di voi non arriva neanche al tavolo. Tu poi sei troppo vecchia per far la piscinina, ormai. È ora di crescere».

Giriamo attorno al tavolo, lui cerca di prendermi, io lo schivo.

Non mi hanno mai protetta dagli scherni degli altri bambini. Sembrava si divertissero. Erano solo gelosi che il papà leggesse il giornale con me. Voleva istruirmi e a me piaceva ascoltarlo. Quando capì che non avrei smesso di balbettare, cambiò, nei miei confronti. Ma i momenti in cui ero da sola con lui, quelli mi sono rimasti addosso.

Le parole di Franco sono appuntite, feriscono più di una frusta.

Ho sempre sospettato che mi paragonasse alle mie amiche e non mi apprezzasse. Siamo cresciuti insieme, lavandoci nel catino con la stessa saponetta. Roberto faceva il bagno per conto suo. Abbiamo usato le stesse forchette, cavalcato il cavallo del nonno, ci siamo rincorsi per gli androni e i corridoi dei palazzi. Ho indossato diversi suoi vestiti dismessi. L'ho coperto quando ha rotto la finestra del piano di sotto con la palla, l'ho curato quando aveva la febbre che non passava e delirava. Ricordo che chiamava tutti tranne me. Lo guardavo mentre gli cambiavo la pezza e aspettavo che dalla sua bocca uscissero le due sillabe che compongono il mio nome.

«Papà» diceva. Ma lui era a lavorare.

Poi: «Roberto».

Roberto non si avvicinò a Franco nemmeno una volta, aveva paura che gli attaccasse quella strana febbre.

«Mamma».

La mamma correva avanti e indietro, chiamava il dottore, mandava avanti la casa. Non poteva esserci sempre. C'ero io, però. Lui afferma di non ricordarselo. Dice che vedeva le persone, sentiva le voci. La mia no.

Ho sempre bramato il suo affetto, invidiando le altre piscinine che, appena avevano uno screzio con le operaie più grandi o con gli uomini, correvano a piangere tra le braccia dei loro fratelli maggiori. Lui non mi odia, però non mi considera. Devo stare zitta, respirare senza far rumore. Se sbaglio, le busco. Se faccio qualcosa di giusto, semplicemente rientra nei miei compiti.

Corro verso la porta, inutile rimanere lì.

Mi prende per i capelli.

«Dove credi di andare? Da quella puttana della tua amica?».

La porta si spalanca ed entra Roberto.

«Aiutami» urlo.

Lui scoppia a ridere.

«Lasciala andare» dice, «vuole fare la grande, falla giocare allo sciopero».

La nuca mi duole da morire. Ho paura che mi stacchi un intero ciuffo di capelli.

Franco molla la presa di scatto e io finisco contro la parete.

Ridono, di nuovo complici. Come lo sono sempre stati.

Hanno quelle bocche spalancate e i denti ingialliti dal fumo, mi saltano talmente i nervi che vorrei essere forte per farglieli cadere uno per uno e sentirli gridare pietà.

Invece corro giù per le scale.

«Brava, vai dalla tua amica troia» urla Franco, «che tanto ti piacciono le donne anche a te. Non scomodarti a tornare».

Corro con il braccio che mi pulsa e la testa che scoppia, in bocca il gusto amarognolo del sangue. Non so nemmeno io dove sto andando, rallento il passo e divento ombra tra le ombre, le luci sono troppo basse per illuminarci il volto.

Passo accanto a un uomo che in un carretto ha tutti i suoi

averi e il giaciglio accanto al mercato. Lo conosco di vista, lo chiamiamo Gigi, nessuno sa il suo vero nome né quanti anni abbia né perché sia finito in questa zona di Milano, a due passi dalla Scala, a mendicare. Non mi fa paura, è solo un barbone, rallento il passo e mi stringo le narici con le dita per non sentire il suo tanfo.

Gli odori della città, lungo le vie, di notte si fanno più intensi. Sarà che ci sono solo loro, indisturbati come i vagabondi e le pantegane che si avventurano per le strade dove l'immondizia si ammassa all'esterno.

Percorro tutta la Corsia del Giardino e passo davanti al teatro alla Scala, che non avevo mai visto a quest'ora.

Non ho alcuna intenzione di tornare a casa questa notte. A Franco girava proprio storta, non lo vedevo così arrabbiato da un pezzo. Non se l'è mai presa in quel modo con me, ha sempre preferito ignorarmi.

Vergognati, mi ha detto. Di cosa dovrei vergognarmi? Di aver alzato la testa per una volta nella mia vita?

Vergognati. Le mani mi prudono. Non si è mai occupato di me, non ha mai fatto il fratello maggiore, non ha mai fatto nemmeno il fratello. Ho sentito dire che molti fratelli sono possessivi con le loro sorelle, ma almeno sono amorevoli. Lui e Roberto con me non sono mai stati niente di tutto questo. Mi hanno sempre guardata come fossi un animale strano, come se non appartenessi alla loro famiglia. Non mi hanno mai chiesto se avessi bisogno di qualcosa, se stessi bene, se avessi un problema. Mi hanno presa in giro perché balbettavo, anche davanti ai loro amici.

Vergognati. Magari si riferiva alla mia balbuzie, o al fatto che sono diversa, che secondo lui non rispetto i canoni della donna che sta al suo posto, onora i fratelli e tutte quelle cose che si sentono in chiesa sui nostri doveri, o è amareggiato perché non sono mai stata corteggiata da un uomo.

Sono sicura che per una notte non mancherò a nessuno. La

mamma sarà già a dormire, a pezzi, neanche si accorgerà che non sono rientrata.

Da una locanda sento voci di uomini cantare e bicchieri che tintinnano. Le osterie rimangono aperte fino alla mattina, quando le donne, in silenzio, buttano sulle strade di Milano l'urina e le feci della notte, mischiate alle imprecazioni e ai buongiorno stentati.

Ho gettato anch'io il pitale diverse volte, nell'alba ramificata di grigio azzurro. Ma questa è la prima notte in cui rimango nel cuore di una città che mi sembra pulsare di una vita che non ho ancora conosciuto. Nessuno mi ha mai invitata a teatro o a una festa. Quanto vorrei avere i capelli acconciati alla moda e un paio di scarpe da ballo. Immagino che la Lisa ci sia già stata, magari quando ha riaperto La Scala. Avrà ascoltato Puccini, vantandosi di avere una voce magnifica. So le arie delle opere più famose, ma solo perché me le ha insegnate lei, quando la contessina gliele cantava. Quel poco di musica che conosco lo devo alla Lisa.

L'Angelica, invece, di sicuro con il suo giurista ci sarà andata in un palchetto. Con un vestito luccicante e le piume in testa. Quando abbiamo sentito dire, al lavatoio, che l'Angelica aveva ammaliato un giurista e si sarebbe sposata con lui, sono piovute critiche e mormorii di approvazione.

Critiche dalle zitelle gelose, quelle che non sono più in gioco, che hanno strizzato il panno come fosse il loro peggior nemico e hanno commentato: «La fortuna è proprio cieca. Cosa avrà mai fatto l'Angelica per meritarsi addirittura un uomo di legge».

«Avrà aperto le gambe, te lo dico io» si è affrettata a replicare un'altra.

«Invece se lo è meritata» ha commentato una donna più anziana, «gambe o no, quella ci ha visto lungo. Adesso aspettiamo solo che la nostra Nora faccia altrettanto».

Mi sono schermita sentendo il mio nome, ho continuato a

lavare le lenzuola e ho fatto finta di nulla. Io, che l'Angelica la conosco bene, non ho potuto dire la mia. Non ho voluto esprimermi, perché posso immaginare come siano andate le cose. Ma quello che provo per l'Angelica è offuscato dal senso di colpa.

Mi avvicino alla locanda, guardo dalla finestra all'ingresso e sento un valzer che conosco. Lo abbiamo ballato con la maestra Ester, una volta che nel salottino prove non c'era nessuno e lei era di buonumore. Mi ha spiegato i passi e mi ha fatto roteare per tutta la stanza.

Forse dovrei entrare, anche se ho i capelli scarmigliati e un vestito pieno di macchie di unto e polvere.

La porta della locanda si spalanca con un cigolio e un tizio con la barba nera incollata al mento, quasi fosse disegnata da un pittore meticoloso, se ne esce svelto, mi guarda, sta per dire qualcosa, ma è raggiunto da una signora con troppo fard sulle guance.

«Ridammi la borsetta, mascalzone!» lo ammonisce.

Lui fa un ridicolo inchino.

«È stato un piacere, signora».

Prima che possa rendermi conto di quello che sta succedendo, il signore losco ha preso a correre in direzione del Duomo.

«Fermatelo!» strilla la donna, ora paonazza.

Dalla locanda escono due uomini in maniche di camicia.

«Ci ha derubato!» urla uno dei due.

L'altro tira fuori un coltello.

«Da che parte è andato?».

La donna indica la direzione, poi si siede per terra, smarrita.

I due uomini si gettano all'inseguimento.

Nella locanda la musica continua imperterrita.

«Il guadagno di una vita» mormora.

Mi appiattisco contro il muro della locanda, ma lei mi ha già vista, perché si volta a guardarmi.

«Lo so, bambina, sono stata sciocca a presentarmi qui con tutti i miei risparmi».

«Non ho de… detto niente, s-signorina» balbetto.

Mi fa segno di sedermi accanto a lei, per terra. Obbedisco, tanto non potrei essere più sporca di così.

«In tutta la mia vita ho sempre sognato di incontrare un uomo facoltoso che mi portasse via» spiega, «che so, un medico. Uno che sappia come curare le ferite».

Cerca la borsetta, poi si ricorda che è stata derubata. Dal seno, stretto in un corsetto, estrae una sigaretta e dei fiammiferi. Me ne offre una.

«Non si è mai troppo piccoli per iniziare, eh, *tosanett*?».

Afferro la sigaretta e la metto tra le labbra, lei me l'accende. Quella donna con gli occhi truccati e i capelli acconciati all'insù in un complesso chignon mi sta ipnotizzando.

«Lavorare tutta una vita, per cosa?».

Fuma.

«M-mi dispiace, signorina. Dicono c-che la c-criminalità stia avanzando, anche qui a Mi… Mi… Milano».

Lei scoppia a ridere.

«Da dove arrivi, bambina?».

«Abito da que… queste parti, più o meno».

Mi squadra, poi dice: «La criminalità c'è da quando esisto, a Milano. Tesoro, questo corpo ne ha viste tante. Quello che volevo, ora, era un biglietto per l'America. E quel signore mi ha fatto credere…».

Scoppia a piangere, così, d'improvviso.

Rimango con la sigaretta accesa, fino a che mi decido a poggiarla per terra, ancora fumante.

«S-si sta bene anche qui a Milano» provo a consolarla.

Non mi guarda, ma ride ancora tra le lacrime. Alza la testa, le sue guance sono macchiate dal rimmel. Sono lacrime nere.

«Sei ancora una bambina…» dice. Mi abbraccia. Non oppongo resistenza, ma non ricambio neppure. Vorrei dirle che piuttosto sembro una bambina, che ho quasi sedici anni, solo che non sono ancora cresciuta. Rimango in silenzio.

I due uomini tornano indietro, urlano, qualche luce si accende per la via.

«Niente da fare, tesoro» dice uno.

«Dài, torniamo dentro».

«Me ne sto qui con questo angelo» ribatte la donna.

Le passano una bottiglia di gin.

«Consolati con questa».

Siamo appoggiate al muro della locanda, le teste vicine, le sue gambe stese, si è tolta i tacchi e li tiene in grembo.

Beve il gin, a me è venuta sete, gliene chiedo un sorso. Me lo passa senza esitare.

Ho già bevuto altre volte, ma qui c'è un'intera bottiglia, forse un po' annacquata, però mi piace il bruciore che sento in gola. Più bevo e più mi sento nel posto giusto, accanto a quella donna che ha venduto il suo corpo tutta la vita per andare in America e che in una notte si è vista portare via il malloppo.

Non sono così ingenua da non capire, so che mestiere fanno alcune donne per vivere e lei ha tutta l'aria di essere una di quelle.

«Vacci piano con quello» mi suggerisce, «un goccino alla volta è sufficiente. Tra un po' sentirai come dà alla testa».

Mi racconta qualcosa della sua vita. Non si aspetta che faccia altrettanto. Si vede che è abituata ad ascoltare e non a parlare. Sa ogni segreto di tutti gli uomini che vanno a trovarla, ma lei, dei suoi, non parla mai.

Lavora in un bordello, vicino all'ospedale e a un orfanotrofio. Si fa chiamare La Rossa dai suoi clienti, un modo per sdoppiarsi da se stessa, in realtà il nome di battesimo è Rossella.

Stiamo lì a bere e a fumare, si è ripresa la sigaretta che avevo lasciato per terra. Qualche topolino si avvicina, squittisce, se ne va e i palazzi rimangono quasi tutti spenti. Milano dorme, ci culla nel suo abbraccio di marmo e cemento.

Mi appoggio al suo seno, odora di alcool e fumo, ma anche di spezie e saponette, lo stesso odore dei vestiti di mia madre.

Mi sento lontana da tutto, da questo folle giorno di sciopero, dai giochi come campana o nascondino nell'androne del palazzo, dal rivolo di sangue sceso dalla bocca della mia piccola compagna quando ha perso il dente da latte, sono lontana dallo sguardo di pietà dell'Achille, da quella notte in cui gli confidai che ero sempre stata innamorata di lui, lontana dagli anni di trecce fermate con grosse forcine sulla testa, dai boccoli biondi dell'Angelica, dallo sguardo severo di mio padre quando mi chiedeva di prendergli il giornale o mi guardava con aria delusa.

Mi gira la testa, deve essere passata almeno un'ora, qualcuno prende Rossella, la trascina via, lei mi fa una carezza sulla guancia. Non ho le forze per seguirla, neanche lo voglio, ho bevuto come un uomo, come mio padre quando giocava a carte coi suoi amici fabbri. Ho bevuto come una grande. Ho bevuto in compagnia di una prostituta che non mi ha giudicata.

La locanda chiude, il padrone mi dice qualcosa che non capisco, lo vedo ballonzolare come fosse dentro una candela.

Mi lascia lì, avverto il mio corpo piacevolmente pesante, è una bella sensazione, mi sdraio a terra e poggio la testa sul braccio. Rossella mi ha sciolto i capelli, sono sporchi e disordinati, mi si infilano in bocca, non ho le forze per sistemarli. Milano mi abbraccia di nebbia e sporcizia, io non prenderei mai una nave per andare via di qui, avrei troppa paura di perdere del tutto l'uso della parola. Mi sento al sicuro nella città che mi ha vista crescere e che mi sta proteggendo.

Quando apro gli occhi la testa pulsa, ci metto un attimo a capire. La mia bocca è impastata e sa di gin. La finestra sopra la locanda cigola. Due mani rovesciano il pitale. L'urina cade poco distante da me, gli schizzi mi arrivano in faccia e sui capelli. Qualcuno ride e poi richiude.

Passa una carrozza e gli zoccoli dei cavalli mi sfiorano. Le ruote stridono.

Mi alzo in piedi. Devo appoggiarmi alla parete, non sono tanto stabile.

Incomincio a camminare, ho la pancia vuota, le tempie che scoppiano. Per un istante penso di dover andare a lavorare, poi ricordo che stiamo scioperando. Davanti a me passa una piccola collega, il nastro rosso ben legato al braccio, la schiena dritta. Mi riconosce, si ferma e mi porge la mano.

«Nora» sussurra, «che è accaduto?».

Non so chi sia, cerco di ricordare quel volto smunto e quelle trecce tra le migliaia di volti che ho visto in questi giorni, ma non ci riesco.

«Ho… ho passato la notte qui».

«In strada?».

«Meglio che a casa, cre… credimi».

Lei annuisce.

«Nemmeno i miei genitori sono contenti di questo sciopero. Ma dobbiamo andare avanti, sai? Tu e la Gianna avete avuto una bella idea e adesso anche i giornali si stanno accorgendo di noi. Non possiamo mollare».

Storce il naso quando mi avvicino a lei.

«Puzzi un po'» bisbiglia.

«Lo so, è successo di tutto».

«Sei ubriaca?».

«S-s-sta p-passando».

«Dobbiamo correre all'appuntamento o ci lasceranno indietro» mi sprona.

Non so bene dove sto andando, però la seguo senza replicare. Cammina svelta, ogni tanto si volta a controllare che sia ancora in piedi. Quando arriviamo in piazza Ellittica inizio a orientarmi.

Ce ne sono altre di piscinine, lì, si stanno radunando, parlottano tra loro, qualcuna dice il mio nome.

«Quella è la Nora».

«Guarda che capelli».

«Ma che le è successo?».

Faccio un cenno di saluto e mi porto le mani alle tempie.

Gianna aveva detto di incontrarci, ma non ricordo dove.

Vedo una piscinina con il telegramma, sta salendo sul tram.

Ho fame, sono stanca, improvvisamente ho voglia di urlare,

io che non so bene come sia la mia voce quando sovrasta quella delle altre.

«Cru... cru... crumira» bisbiglio nella sua direzione.

L'Aurelia mi ha appena raggiunta, guarda la ragazzina con il cartone che ha deciso di non scioperare e urla: «Crumira!».

Una massa di bambine mi spinge verso il tram. Salgo sulla piattaforma e sento il vociare aggressivo delle mie compagne. Le strappo lo scatolone, le prendo le mani, dico: «Scendi!». Questa volta la parola mi è uscita tutta intera, lo squittio di un topo affamato. Non ho riconosciuto quel tono, troppo acuto.

Quella, occhi neri e viso imbronciato, mi sputa in un occhio.

Sento la puzza dell'urina che mi è arrivata addosso poco prima, la sua saliva appiccicosa sul viso, le grida delle altre che si fanno più intense. La spingo e la guardo mentre vola per terra, l'aria sorpresa, mentre le altre le si fanno addosso.

«Crumira!» gridano. «Crumira!».

La ragazzina cerca di alzarsi, niente più scintille nello sguardo, mette le mani davanti agli occhi per ripararsi dagli schiaffi. Il tram si ferma, la gente guarda, qualcuno commenta con frasi che giungono al mio orecchio, ma che non hanno senso.

«Guardale che scimmiette».

«*Tusanett*, si faranno male!».

«Invece che andare a lavurà!».

La Gianna mi scuote. È comparsa da chi sa dove, sudata e senza fiato.

«Fai qualcosa!» mi incita.

Il vociare si fa più forte e la testa non ronza più.

«Basta» sta dicendo la Lisa, e fa alzare la compagna.

Il tram riparte.

La ragazzina scappa via, senza voltarsi neanche una volta.

«Siamo meglio di così» ci sgrida la Giannina, «stiamo facendo uno sciopero, non la guerra».

Mi guarda con aria di rimprovero. L'Aurelia ha le lacrime agli occhi: la sua beniamina ci sta sgridando e lei non riesce a sopportarlo.

Il tanfo che sento sui miei capelli sta diventando insopportabile.

La Lisa ha i capelli arricciati col ferro, ben ordinati sotto il cappellino. Indossa guanti bianchi e in mezzo a noi pare una signora molto più grande, l'unica con l'espressione ragionevole.

Guardo le sue labbra piene mentre mi si avvicina con l'aria di una maestra severa.

«Che ci fai qui?» le chiedo.

«Gianna mi ha convinta a venire alla Camera del Lavoro».

Come se ci stesse facendo un favore.

No, non ci sto. Mi hai rubato tutto. Non ti prenderai anche questo merito.

«Non sei una p-piscinina» dico, «m-me l'hai ricordato tu stessa».

«Hai bussato alla mia porta» ribatte lei.

La Gianna ci osserva da lontano.

«E tu hai detto che poi non avresti voluto vederci più».

«Ho cambiato idea».

Ha sempre fatto così, la Lisa. Lei può cambiare idea e rimanere se stessa. Se gli altri cambiano, diventano ipocriti e non di parola. Sono contenta che non ci vediamo più. È vero, dopo di lei non sono più riuscita a instaurare un rapporto così stretto con nessuno. Ma preferisco questo alla sensazione opprimente di essere un suo accessorio, messo lì per farle piacere, per annuire a tutto quello che afferma.

«N-non voglio che tu venga» la avverto. Forse le basterà.

«Non sei nella posizione di dare ordini» mi schernisce, squadrandomi.

Il petto mi brucia come se il gin stesse risalendo e volesse uscir fuori.

«V-vai alla Camera del Lavoro e dirò a tutti quello che hai fatto» sibilo, «anzi, no… non a tutti. M-mi basta andare da una sola persona».

La sua bocca si spalanca.

«Sei sempre la solita *dorménpé*».[7]

Mi avesse dato un pugno avrebbe fatto meno male.

Dorménpé. Quella parola mi si è attaccata addosso come tutti gli epiteti che hanno sempre avuto il potere di farmi sentire la terra dentro la gola. *Embezüit. Tarda. Scema del villaggio. Dorménpé.*

La Lisa conosce bene l'effetto che questa parola ha su di me.

Stavamo giocando, una domenica mattina dopo la messa, nel cortile davanti alla chiesa di Santa Maria. Io e lei, con le sue bambole nuove che il papà le comprava. Erano più benestanti di noi, ma non abbastanza da sperare di condurre una vita tanto diversa. Però alla loro figlia più piccola, che già lavorava come piscinina, non facevano mancare qualche coccola. I nostri genitori ci osservavano, sentivo lo sguardo di mio padre addosso. Non sapevo mai se era preoccupato che mi facessi male o che lo mettessi in imbarazzo. Ero impacciata nel salire sull'altalena, ma c'era la Lisa, che mi sistemava il vestito e mi metteva la bambola sulle ginocchia.

«Fate attenzione!» ci gridava la mamma.

Un bambino più grande di noi si avvicinò e disse: «Tocca a me andare sull'altalena».

«Ci è appena salita» ribatté la Lisa.

«Adesso scende» insistette lui, prese una delle due catenelle che legavano l'asse dell'altalena e la scosse.

«Smettila!» urlò la Lisa.

Con la coda dell'occhio, vidi che il papà stava guardando la scena. Pregai che intervenisse in mia difesa, ma sapevo che non l'avrebbe fatto. Per lui dovevamo sapercela sempre cavare da soli. Soprattutto io, che ero una femmina. Io, che avevo "quel problema lì". Non riusciva ad ammettere che balbettassi. Sosteneva che fosse qualcosa di passeggero e che un giorno, come per magia, mi sarei sbloccata.

«Scendi!» urlava il ragazzino. Se ne avvicinarono altri due, attratti dallo scompiglio.

[7] Che dorme in piedi.

«No… no… non v…».

Non voglio. Non voglio scendere. Doveva essere semplice dirlo. Ma non funzionava così per me.

La parola si era incastrata tra i denti e il cervello era in fiamme. Avevo gli occhi di tutti puntati sulla bocca, che si apriva e si chiudeva senza emettere alcun suono. Sbattevo le palpebre a una velocità folle.

I bambini si misero a ridere.

«Che *dorménpé*» disse il ragazzino che aveva strattonato l'altalena, «ci salgo dopo». Scosse la testa e si allontanò.

Strinsi le corde dell'altalena, mentre il papà fingeva di guardare in un'altra direzione.

«Un grande antipatico» commentò la Lisa, «non badare a quello che ha detto, Nora. Tutti i maschi sono un po' cretini e non capiscono».

Dorménpé. Allora sembrò non farci caso neppure lei, ma quell'episodio mi segnò. Non volli più salire sull'altalena, a meno che non fossi certa di essere da sola.

Le parole non seguivano i miei pensieri, quindi agli occhi degli altri io ero la scema del villaggio. Ma non agli occhi della Lisa.

Sa di avermi ferito. Una minaccia, la mia, contro il potere dei ricordi che lei è riuscita a scatenare con una sola parola. Mi ha rammentato da dove provengo e quali sono i miei limiti. Però non può impedirmi di raccontare all'Achille quello che ha fatto. Ha perso lei quest'ultimo scontro improvvisato.

I nostri sguardi si incontrano. È lei ad abbassare gli occhi.

«Venivo solo per farti un favore, stupida» mormora.

Volgo lo sguardo in un'altra direzione, per non darle la soddisfazione di mostrarle gli occhi lucidi. Stupida. Lei si può permettere di chiamarmi così. Se io mi rivolgessi alla Lisa chiamandola stupida, avrebbe subito di che ribattere.

Si volta verso la Gianna, le fa un cenno di saluto, lei che non deve spiegazioni a nessuno, e si avvia verso casa. Il petto in fuori, il cappellino a proteggerla dal sole, le scarpe lucide. Il suo segreto al sicuro.

5.

25 giugno 1902
Brera

Sono la quarta figlia. Prima di me c'è stata una bambina che è nata morta. Il ventre della mamma, a detta di tutti, si era avvizzito. Invece poi sono arrivata io. Mi hanno raccontato che quella bambina si sarebbe dovuta chiamare Elisabetta, mentre se fosse stata un maschio il suo nome sarebbe stato Giovanni. Non ce l'ha fatta. La nonna mi portava alla sua tomba, in fondo al cimitero, nella parte dedicata ai bambini angeli, e le lasciavamo qualche pratolina sulla lapide. C'era scritto: "Angelo del Paradiso, ora vegli su di noi. Sei nei nostri cuori".

Quando chiedevo alla mamma di Elisabetta ne parlava a stento. Buttava lì frasi come "sei troppo piccola per capire" e, quando crebbi, smisi di domandare. Ma so che avevo una sorella, strozzatasi nella pancia della mamma, venuta fuori violacea e senza grida. Era sgusciata fuori prima del tempo, ma solo di qualche settimana, la levatrice aveva fatto il possibile. Questo era tutto ciò che potevo sapere e forse tutto ciò che i miei avevano la forza di ricordare.

Ogni tanto ci ripenso, a come sarebbe stato avere una sorella maggiore. Qualcuno con cui litigare per il colore dei vestiti da scegliere, che mi acconciasse i capelli alla moda parigina, che perdesse tempo con me a giocare alle bambole di stracci. Poi però scaccio il pensiero perché forse, se Elisabetta ci fosse stata, di Nora non avrebbero sentito la necessità. Ma ho fatto in fretta a trovarmi una sorella di cui andare fiera. Che tutti adorassero più di quanto abbiano mai fatto con me.

Si chiama Lisa. Non balbetta. Si veste sempre bene. Non è mai sporca.

Di Elisabetta nessuno mi ha mai parlato, ma io ne ho sempre sentito la mancanza. Ho sempre avuto la convinzione che saremmo andate d'accordo. Che sarebbe stata una sorella speciale. Che mi avrebbe difesa senza dovermi rinfacciare, una volta cresciute, il mio essere diversa.

«Fo… forse è meglio che v-vada a darmi una ripulita» dico a Gianna.

Ha assistito al dialogo con la Lisa senza aprire bocca.

«Puzzi da far schifo» ammette lei, «ma che le hai detto? Ci sarebbe stata utile, una che sa parlare».

«Non è la s-sua b-battaglia» commento.

Gianna sbuffa.

«Sono fatti vostri» dice, «io allora vado alla Camera del Lavoro con le altre. Ci troviamo dopo?».

Annuisco.

Mi piace che non voglia sapere di più.

«Sfrega bene la saponetta, che sembra ti abbia pisciato un cane in testa» mi urla dietro.

Non ho alcuna intenzione di tornare a casa. Sarebbe una sconfitta. Ho voluto questo sciopero per riscattarmi da tutto. Anche dalla famiglia. Dai miei fratelli, che si sono tanto arrabbiati perché per una volta nella vita ho alzato la testa, ho detto la mia e li ho messi a disagio. Come se finora gli fosse importato qualcosa, di cosa faccio e come vivo.

Dal primo giorno in cui la Giannina e io ne abbiamo parlato, quasi per scherzo, ci siamo rese conto che solo unite potevamo avere una chance. Non è così che mi aspettavo andasse, che passassi la notte all'addiaccio, abbracciata a una prostituta, bagnata di piscio e chissà cos'altro, con lo sputo in faccia di un'altra piscinina.

C'è solo un posto dove posso sentirmi me stessa, da sempre.

Mi avvio verso l'Accademia di Brera, nelle cui vicinanze l'Emilio ha un appartamento. Non lo usa per dipingere, ha il suo studio in via Stella, ma dice che quel posto è il suo rifugio. Ormai ha la ragazza, il Longoni, non fa più la spola tra lei e mia madre, forse gli è passata la fissa, ma non ha mai smesso di volermi bene. Credo sia l'uomo che insieme a mio padre rappresenti l'ideale di persona che desidero avere al mio fianco. Almeno finora. L'ultima volta che l'ho visto è stato di sfuggita, mesi fa, mentre facevo consegne con il mio telegramma. Ha accennato un saluto, era da solo con i fogli da disegno e le matite, seduto su una panchina. Osservava la gente passare. L'Emilio ha due occhi perforanti, nerissimi, i capelli arruffati. È un artista che quando ti guarda ti tocca dentro. Posso capire perché a mia madre piacesse tanto. Ma lo so adesso, che sono più grande, che ho iniziato a vedere gli uomini in un certo modo. Quando ero piccola per me era solo quel signore che arrivava in casa, parlava a voce bassa e quando se ne andava lasciava la mamma con un sorriso sulle labbra che durava tutta la sera e che aveva solo dopo il suo passaggio.

Sento le campane rintoccare le dieci quando arrivo al palazzo in cui abita.

Secondo piano. Faccio le rampe di scale a fatica. Non mangio da ieri pomeriggio, lo stomaco ha smesso di fare rumore e stanno iniziando i crampi della fame. Li conosco bene, non è certo la prima volta. L'ultima che ricordi è stata qualche anno fa, quando ancora non avevo presentato l'Achille alle mie amiche e la Lisa lavorava per mia madre. I miei fratelli non avevano il posto fisso alla fabbrica, il papà era appena morto e in casa sembrava calato un silenzio di tomba. La mamma rimaneva a letto così a lungo che dovevo svegliarla e dirle di fare il suo lavoro, prima di raggiungere la maestra al di là della strada e compiere i doveri della giornata.

La mia maestra, Ester, è una cravattaia. Non fa solo quello: è una dipendente della fabbrica in via Crocifisso 15, ma sta a domicilio. È molto abile, ha lavorato per ben quarant'anni nel settore, fa tanti lavori anche da sé per clienti fissi che ha collezionato nel corso degli anni. Ma guadagna poco: per dodici cravatte percepisce settanta centesimi, solo che deve togliere il mio salario di venticinque centesimi e le spese del gas per la stiratura, oltre a quelle della bambagia usata per la confezione. Anche con dodici ore al giorno non ci ricava una lira, cosa che mi ha sempre detto con un certo rammarico. Quando la madre si ammalò, non poté provvedere alle spese per le cure e per il funerale. Il marito non si faceva quasi mai vedere, lei aveva quattro figli che tornavano solo per chiederle soldi.

«Sono più di quarant'anni che faccio questo lavoro e a malapena arrivo a percepire questo misero stipendio» si lamentava, «*ti che te podet, van a studià*».

Ma non sapeva che la mamma era contraria alla mia istruzione. Diceva che una donna istruita non serviva a nulla, in casa. Forse, a ripensarci, voleva proteggermi, perché sapeva che se avessi provato a leggere avrei balbettato e tutti mi avrebbero presa in giro. Il papà insisteva che invece, mettendomi d'impegno, avrei corretto quel modo di parlare. Non ha mai accettato che faticassi a esprimermi.

Ester avrebbe dovuto capire il nostro sciopero, non lamentarsi come ha fatto. Era in prima fila e mi puntava gli occhi addosso come se avessi commesso un crimine. Si è pure accordata con la mamma, perché smetta e torni da lei. Mi sembra un controsenso. Lei stessa è stata fautrice di una lega indipendente, per la sua categoria di cravattaie. Dovrebbe conoscere l'importanza delle manifestazioni. Forse davvero ci vedono tutte troppo piccole.

Busso alla porta dell'Emilio. A quest'ora dovrebbe essersi appena alzato. Non è un grande mattiniero, tranne quando va in montagna. Lì, almeno così mi ha raccontato, diventa un'altra persona e se ne va in giro coi ramponi per tutto il giorno, coi suoi amici artisti. Mi parla spesso della Svizzera e di come l'aria che si respira sia così diversa da quella di Milano.

Mi apre dopo due minuti.

«Ah, chi non muore si rivede» commenta. Però sorride. So che nei miei occhi scorge sempre quelli di mia madre.

Lascia la porta aperta e mi fa cenno di entrare.

Il suo appartamento è molto spoglio, mi chiedo quando si deciderà a sposare la Fiorenza. Dicono che questa Fiorenza sia una brava donna, viene dalla Valtellina, dove c'è l'aria buona e si può andare in montagna, è una con la testa sulle spalle. All'Emilio ci voleva una così, lui che si scorda anche il Natale.

«Co... come stai?» chiedo, mentre la testa mi gira più del dovuto. Mi siedo e appoggio il capo al grande tavolo della cucina.

«Come stai tu, piuttosto» commenta lui. Si tocca la folta barba nera e i suoi occhi, come al solito, mi trafiggono.

«Affamata» ammetto.

«Puzzolente» aggiunge, «ma che hai combinato?».

Mi stringo nelle spalle.

Mi porge una tazza di caffè e un tozzo di pane.

«Prima mangia e bevi, se non vuoi cadere per terra. Ho già abbastanza problemi».

La carriera dell'Emilio ha preso il via da poco, ma è tutta la vita che combatte per avere il posto che gli spetta nella "grande rosa degli artisti", come la definisce lui.

Spezzo il pane e lo divoro.

L'Emilio prende il giornale.

«È di ieri, l'hai letto?».

Lo fulmino con lo sguardo.

«Scusa, non ho fatto apposta».

L'ha fatto eccome, invece. Sa benissimo che mi piacerebbe imparare a leggere, ma nessuno si è preso la briga di insegnarmi. Nemmeno lui.

«Pe... perché avrei dovuto le... leggerlo?» ribatto. Bevo il caffè, inizia a farmi stare meglio. Non sento più le tempie pulsare.

«C'è un articolo che riguarda la sciopero» dice. Apre il giornale, lo sguardo fiero, un sorriso che non riesce a trattenere.

«Me lo leggi?».

Lui si schiarisce la voce e declama in tono solenne.

> «Le "piscinine" delle sarte, delle modiste e delle stiratrici hanno tenuto parola, visto che le signore maestre non si mostravano punto disposte ad accogliere le loro domande, da stamane hanno proclamato lo sciopero e mentre scriviamo circa trecento minuscole operaie sono adunate in assemblea alla Camera del Lavoro»[8].

«E complimenti alla piscinina» commenta, «anche se altre testate non sono state così generose».

«Che intendi?» chiedo.

«Vi hanno prese in giro. Dicono che volete giocare allo sciopero».

Scuoto la testa.

«Non stiamo imitando nessuno e di certo non è un gioco» commento.

«Sì, ma Nora, cosa vuoi fare della tua vita?».

Sgrano gli occhi. Non mi aspettavo questa domanda proprio da lui, che sa benissimo la condizione in cui ho sempre vissuto, così difficile rispetto alle mie amiche.

«Co… cosa ti aspetti che ti risponda? Vorrei un marito, un… un bell'appartamento, forse un figlio o due. Ma va… vado in giro a fare lo sciopero, perché ho un abito solo, tolto quello con cui vado a far consegne, e nessuno mi ha mai invitata a un ba… ba… ballo».

Prendo fiato.

L'Emilio mi guarda fisso. Conosco bene quello sguardo, quando sta pensando a mille cose insieme e non riesce a esprimersi.

«Non ti ho chiesto che problemi hai» ribatte, «ma cosa vorresti dalla tua vita».

Sospiro. Con lui lamentarsi non attacca. La povertà lo ha

8 *Le "Piscinine" alla Camera del Lavoro, Il Secolo*, 23-24 giugno 1902.

sempre seguito come un cane rabbioso, ovunque sia andato. Mi ha raccontato che solo grazie all'amicizia con il Segantini si è fatto strada. So che è bravo, che non aveva bisogno di essere raccomandato. Ma lui dice che in campo artistico funziona così. Che se non avesse incontrato Giovanni, che si è accorto di quanto valesse, adesso sarebbe per strada.

«Non s-sei contento che sto f-facendo valere i m-miei diritti?» sbotto, «m-me l'hai insegnato tu, che quando le cose n-non vanno b-bisogna agire per cambiarle».

«Certo» dice l'Emilio, «sono sempre fiero di te, piccola amica. Ho solo l'impressione che tu stia seguendo una strada tracciata da... che so, da qualcun altro. Quella Giannina, per esempio. L'hanno persino fotografata. Sembra una tipa tosta».

Stringo i pugni. Non voglio essere gelosa anche della Giannina, le voglio bene. Ma qualcosa nelle parole del pittore mi sta facendo rizzare i peli sulle braccia.

«Ti preparo l'acqua nel catino» dice, «perché lo sciopero non si fa con il piscio nei capelli».

Non è la prima volta che faccio il bagno a casa dell'Emilio. L'Angelica lo troverebbe disdicevole, se lo sapesse. Lei ormai si atteggia ad aristocratica. Avrei qualcosa da ribatterle, al riguardo, ma le poche battute che ci siamo scambiate nel corso degli ultimi due anni mi hanno sempre ricordato che la mia opinione non le interessa più.

Mi piace nascondermi qui e fare il bagno, mentre l'Emilio abbozza qualche disegno, che non mi mostra mai. Dice che un giorno mi farà vedere tutto quanto, mi inviterà all'Accademia di Brera e mi spiegherà tutto, ma proprio tutto, come ha sempre fatto con i monumenti di Milano.

Venni proprio qui due anni fa, sempre d'estate, quando ebbi il coraggio di dire all'Achille che ero innamorata di lui.

Accadde qualche tempo dopo la confessione dell'Angelica. La Lisa e io avevamo iniziato a evitarla, perché ci aveva dato fastidio che avesse ammesso dell'Achille senza alcun ritegno nei miei confronti. Almeno, questa era la versione della Lisa. Io le andavo dietro, perché era troppo bello averla di nuovo tutta per me, come quando eravamo bambine.

Mi raccontava le sue avventure con la contessina Rebecca, di quanto fosse esigente, ma anche di quanto stesse imparando.

«I miei genitori sono così fieri» esclamava, «adesso non sono più una piscinina e mi è pure passato il mal di schiena. Non posso credere che questo sia un lavoro, vado in giro a scegliere stoffe e chiacchiero con la contessina e mi pagano anche».

«Be… beata t-te» rispondevo.

Non parlavamo mai dell'Achille, fino a quando un tardo pomeriggio, appena finimmo entrambe di lavorare, tirò fuori una rosa e disse che gliel'aveva regalata lui.

«L-l'Achille?» sbottai.

La Lisa sorrise.

«Pensavi che lo avremmo lasciato all'Angelica?».

«E-eravamo d'accordo di non ve… vederlo più» ribattei. Guardai la rosa, bianca con delle striature violacee, e mi venne voglia di annusarla. Lei si ritrasse.

«Ha detto che questa è solo per me» sentenziò, «che solo io posso sentirne il profumo».

Non riuscii a nascondere il senso di sconfitta e il nodo alla gola che provavo. Mi veniva da piangere.

«Nora» mi rimbrottò lei, «io agisco per te e tu mi ringrazi così?».

Spalancai la bocca per ribattere, ma non mi venne in mente niente di intelligente da dire.

«Guarda che non sono innamorata dell'Achille. Lo sto facendo solo per umiliare l'Angelica. Per te. Perché ti portino rispetto» continuò.

«M-ma quando te l'ha data?» chiesi. Non riuscivo a farmene una ragione, di non esserci stata e di non aver saputo quando esattamente fosse successo che la Lisa aveva ricevuto una rosa dall'Achille.

Volevo sapere, anche se mi avrebbe fatto ancora più male.

«L'altro giorno, dopo che ti ho lasciata a casa» disse lei, «stava venendo da me».

O da me?, mi venne da pensare. Non lo dissi ad alta voce. Mi crogiolai in quel dubbio, perché faceva soffrire meno. In fondo non ne ero sicura. Se lo aveva incontrato davanti a casa mia e l'aveva fermato, allora magari era me che cercava. Forse stava davvero venendo a trovarmi, con quella bellissima rosa.

«L'ho fatto confessare di essere perso di me» raccontò la Lisa, «e mi ha anche detto una cosa che può interessarti».

Pendevo dalle sue labbra. Si fece più vicina.

«L'Angelica ha provato a baciarlo, sai? Ma lui non ha ceduto. Ha detto che una donna che si comporta così è peggio di una sgualdrina».

La Lisa mi prese una mano e rise.

«Il trucco con gli uomini è farli impazzire di desiderio, non buttarsi tra le loro braccia. Non sei d'accordo?».

Tirai su col naso.

«N-non lo so» ammisi. La mia voce era più bassa del solito. Mi sembrava di poter scomparire tutta dentro le mani della Lisa, talmente mi sentivo debole. Non ero niente per l'Achille. Lui amava la Lisa. E l'aveva vista solo una volta. Avrebbero avuto tre figli, una casetta, la bottega da mandare avanti insieme, anche se ora era un semplice garzone. Avrebbero cantato e suonato alle feste, lui con la fisarmonica, lei con la sua bellissima voce. Non riuscivo a pensare ad altro e quasi mi spiaceva per l'Angelica, anche se ce l'avevo ancora con lei per aver provato a rubarmelo.

Non era mio. Era della Lisa. Come tutto quello che mi piaceva. Da sempre.

«E c-cosa gli hai detto quando ti ha d-dato la rosa?» chiesi in un soffio.

«L'ho ringraziato e mi sono assicurata che non vedrà più l'Angelica. Ho finto di essere gelosa» rispose la Lisa.

«Ti... ti ha parlato di m-me?» chiesi.

La Lisa mi guardò con fare compassionevole.

«Mi spiace, ma poi sono dovuta scappare. La contessina non mi lascia tregua. In questi giorni sta prendendo un sacco di lezioni, riesco a stare dietro a malapena al suo calendario...».

La Lisa parlava e io avevo solo un ronzio in testa e la rosa bianca davanti agli occhi.

Presa dalla smania di sapere la verità, le dissi che dovevo rientrare.

Lei mi abbracciò.

«Torno a trovarti domani» promise.

«C-certo» dissi.

La guardai mentre si allontanava, poi andai verso lo specchio che avevamo all'ingresso e mi sciolsi i capelli, arruffati come al solito. Scesi le scale, mi sciacquai il viso alla fontana e mi avviai verso la bottega dove lavorava l'Achille. Non avevo soldi per comprare alcunché alla drogheria, lasciavo tutto il misero guadagno a casa, ma qualcosa mi sarei inventata, se ci fosse stato il padrone. Invece da lontano lo scorsi, era in piedi dietro i sacchi delle spezie, stava armeggiando con qualcosa davanti a sé. Non vedevo bene.

Entrai.

«Nora!» disse lui, con una voce quasi stridula, «che ci fai qui?».

Cercavo i suoi occhi neri, ma lui mi sfuggiva.

«Vo... volevo parlarti» risposi, «hai un m-momento?».

Parlarti. Volevo parlarti balbettando. Mi davo dei pizzichi sul braccio sinistro, perché mi avevano detto che col dolore il cervello non si sarebbe ingarbugliato. Era falso. Mi stavo rendendo ancora più ridicola. Le parole uscivano solo dopo che le mie palpebre avevano sbattuto diverse volte.

Lui si riassestò la camicia, stranamente sbottonata. Notai che le sue guance erano rosse e sembrava avesse corso su per le scale. Pensai che fosse andato in cantina a sistemare le ultime bottiglie.

«Sto chiudendo» rispose. «Possiamo parlare un'altra volta?».

Amavo quel suo modo gentile anche nel rifiuto. Impazzivo per la fossetta sulla guancia quando sorrideva e per quel ciuffo ribelle. Doveva essere mio.

«Ci me... metto due m-minuti» provai ancora.

Ci avrei messo di più, lo sapevamo entrambi. Ma dovevo farlo.

Lui si appoggiò al bancone della drogheria.

«D'accordo» si arrese.

«S-sei innamorato de... della Lisa?» domandai. Volevo sapere la verità, senza girarci intorno.

Lui sembrò stupito della domanda.

«Ma cosa dici?» si schermì.

«Pe... perché io so... sono in... inna... morata di te. Da se... sempre» dissi, sentendo la mia voce incrinarsi, le parole scemare l'una nell'altra. *Inna*, prima, di fretta e furia. *Morata* era arrivata molto dopo, come se avesse perso il treno. Odiai che non gli bastasse il mio sguardo per capire tutto quanto. Ebbi paura che non mi avesse compresa.

Non feci in tempo a scorgere la reazione sul suo volto perché una risata sommessa ci interruppe.

Achille chiuse gli occhi, si portò le mani nei capelli, io mi sporsi a guardare in direzione della risata, oltre il bancone.

Tra sacchi di farina e vecchi stracci c'era l'Angelica, che si era portata una mano alla bocca e adesso mi fissava, mezza nuda, con i capelli biondi sciolti lungo la schiena.

Aveva una pezza tra le gambe, con cui si tamponava il sangue che le era uscito da lì. Però non sembrava impacciata. Aveva appena perso la verginità sotto il bancone della bottega dove lavorava l'Achille. Aveva fatto l'amore con il ragazzo di cui ero innamorata sin da bambina.

«Ciao, Nora» disse, «scusa, ma mi è venuto da ridere. Dicevi che non ti piaceva, l'Achille. Io con voi sono stata sincera».

Indietreggiai.

Lui finì di abbottonarsi la camicia.

Non disse niente. Qualsiasi parola, in quel momento, sarebbe suonata strana.

«La ro… rosa» mormorai, «la rosa alla Lisa».

Ma di fronte all'evidenza dei fatti, anche quella rosa mi parve stupida.

Corsi fuori dalla bottega. Mi voltai solo una volta, giusto per constatare che lui non mi stava seguendo. Non gliene importava nulla.

Quella fu una delle tante volte in cui l'Emilio mi offrì un rifugio, mi fece immergere nell'acqua, ascoltò uno sfogo confuso. Non gli raccontai della Lisa e dell'Achille, dell'Angelica e delle delusioni subite, perché non ne ero in grado e perché lui mi capiva anche senza bisogno di parlare. Il mio pianto era sempre sommesso, quasi avessi paura di disturbare. Le lacrime non scendevano, mi facevano solo bruciare gli occhi e il corpo veniva squassato da singhiozzi prepotenti, che però non finivano in urla o altro. Avevo paura della mia voce e di quel dolore sordo. Lo percepivo, perché mi serpeggiava nello stomaco, ma non potevo prenderlo e buttarlo da qualche parte. Col dolore è così, si fa sentire e non trovare.

L'Emilio non chiese, ma mi consolò per tutta la notte, mandò via in maniera garbata la Fiorenza, le disse che la sua piscinina aveva bisogno di lui. Mi confidò che aveva provato lo stesso dolore per una donna, anni prima, quando avevano deciso che era meglio non frequentarsi più, perché lei era sposata.

Indovinai fosse mia madre, ma anch'io non domandai di più. Vedere me stare così male, immaginai, era rivedere lei, che mi somigliavo così tanto.

Mi spoglio, lascio i vestiti sulla sedia ed entro nel catino. Lui è girato di spalle, fischietta un motivetto che non conosco mentre scrive qualcosa su un taccuino.

Mi immergo nell'acqua fredda fino alle spalle, afferro la saponetta e noto che è ancora una delle vecchie saponette di mia madre. Ha quel profumo inconfondibile di casa.

«Tua madre lo sa che sei qui?» mi chiede lui. Non posso scorgere la sua espressione, ma so che sta facendo una smorfia per cercare di contenere l'emozione. Anche dopo tanti anni, il sentimento che prova per lei è rimasto inalterato.

«No, s-sono s-scappata di casa q-questa notte» dico. Mi passo la saponetta sui capelli e sfrego bene. Rivoli scuri scendono sul mio corpo. Ogni volta che faccio un bagno mi rendo conto di quanto la mia pelle sia sporca. Vedo il rosa sulle braccia, finalmente. Il profumo della saponetta continua a inebriarmi.

«Sei impazzita?».

L'Emilio si è girato e mi sta guardando.

«Signorina, dopo il bagno non vai a giocare allo sciopero, intesi? Fili dalla tua mamma, che sarà molto preoccupata».

«Credo che non gliene importi nulla. Dormiva. Avrebbe lasciato che Franco mi colpisse con la cinghia se non fossi riuscita a scappare».

L'Emilio batte un pugno sul tavolo.

Lui e i suoi amici riformisti combattono contro il degrado e le violenze, non può sopportare di sentire queste cose.

«A Franco farò un bel discorsetto, un giorno di questi» dice.

Sappiamo entrambi che non lo farà. Non è ben visto dai miei fratelli. Come potrebbe? Stava con la loro madre e il papà lo sapeva. Riesco a comprendere la mamma, che li aveva amati entrambi.

«Hai c-conservato le saponette di mia madre» mormoro.

«Con quello che costano» dice fingendo che non gli importi.

«E la F-Fiorenza?».

«A far visita ai suoi».

All'Emilio non piace parlare della sua vita privata né dei suoi sentimenti. Si accende solo quando discute dei suoi lavori o di politica.

Finisco di lavarmi, mi avvolgo nel telo che mi ha messo accanto al catino.

«I capelli ti sono cresciuti un sacco» commenta, «stai diventando una bella ragazza».

«Ma non sono ancora una donna» ribatto.

«Per me sarai sempre la piscinina» mormora lui.

Mi porge il taccuino.

«Che cos'è? Lo sai che non so leggere».

«Ti ho scritto le lettere dell'alfabeto e qualche parola. È un regalo. Per iniziare».

Un regalo, dice. Non ne ho avuti molti, nella mia vita. Una saponetta da mia madre, nel giorno del mio compleanno, che ho conservato per anni senza usarla, fino a che sono stata costretta. Un'arancia da mio padre, l'ultimo Natale che abbiamo trascorso insieme. Era succosa, la sbocconcellavo un po' al giorno, la chiudevo nel grembiule e ogni tanto andavo a controllare che ci fosse ancora, non ci credevo che fosse tutta per me. La collana di perle blu, quella che metto solo col vestito rosa. Non era un vero regalo, nessuno l'aveva comprata per me, ma il papà l'aveva trovata in strada. Almeno così mi ha sempre detto. La Lisa una volta mi donò un pettine di legno, ma poi ci ripensò e dovetti ridarglielo, perché non trovava più il suo.

Stringo al petto il taccuino di pelle.

«S-sei s-sicuro?» chiedo.

Gli occhi mi pungono e sento che sto per piangere.

«Un regalo è un regalo» dice lui. Mi prende le mani e stringe il taccuino con me. «Ricorda sempre quanto vali, piscinina».

Quanto valgo?, vorrei chiedergli. Non lo so, e sono sicura che non lo sa nemmeno lui. Mi vuole così bene che mi vede diversa da quella che sono. La scema che gira per Milano con il telegramma e ora si è messa a scioperare come i grandi. Questo sono. Ma quanto valgo, io non lo saprei proprio dire.

Quando esco da casa dell'Emilio mi sento avvolta dall'antico profumo che lasciavano le saponette della mamma sulla mia pelle.

6.

26 giugno 1902
Casa della Gianna, Porta Ticinese

La Giannina sta cercando di domare una rissa. Quando mi vede arrivare da dietro il Duomo, dove ci diamo il consueto appuntamento la sera, mi fa cenno di raggiungerla.

«*Mi te copi*» urla una maestra, il volto paonazzo, contro l'Aurelia.

Lei, le guance rosse e rigate di lacrime, si protegge il viso e grida.

«Che… che succede?» chiedo.

C'è anche la maestra Ester, che mi sta fissando in modo strano. Non capisco cosa voglia. Le piscinine fanno scudo all'Aurelia, mentre la maestra le si scaglia contro, trattenuta dalle altre, che cercano di calmarla.

«L'Aurelia è esplosa» dice la Gianna, «non ce l'ha fatta più. Siamo state alla Camera del Lavoro, è andato tutto bene. Ma poi…».

«Ripetilo se hai il coraggio!» urla la maestra contro l'Aurelia.

«Lo dirò finché campo, ormai è fatta, l'ho detto, l'ho detto!».

La maestra riesce a tirarle un ceffone.

«Bugiarda!» urla, «ti ho sfamata, ti ho tenuta anche quando avevi la febbre ed è così che mi ringrazi?».

Le altre maestre annuiscono.

«Io ho la-vo-ra-to!» grida l'Aurelia, mentre attorno a noi si fermano le persone, incuriosite dal baccano.

«Potevi anche andartene se non ti trovavi bene!» ribatte la sua maestra.

«*Bisogna porta a cà i ghetti, se de no i cattom su*»[9] la difende una di noi.

«Giusto!» urla l'Aurelia. «Ma non siamo roba vostra. Non siamo stupide».

«Non lo siamo» ripete una piscinina.

Carolina corre nella nostra direzione. Ha alcuni fogli in mano, forse le nostre richieste, i capelli ben stretti nella crocchia, la gonna dritta e stretta, nella borsa, di sicuro, la colazione per le più piccole. Si muove nella stessa maniera elegante in cui appare, cerca di domare lo scompiglio con la sua presenza. Vederla mi conforta sempre: quando arriva porta calma. Dal primo giorno dello sciopero, Carolina Annoni è stata il nostro baluardo.

«Che cosa sta succedendo qui?» chiede. Vorrei avere la metà della sua fermezza.

«Questa sciagurata dice che mio marito le fa violenza» esordisce la maestra, pallida, «l'ha detto alla Camera del Lavoro, davanti a tutti».

«Ho detto la verità finalmente, e tu lo sai!» grida l'Aurelia. Poi si volta verso di me.

«Non posso tornare a casa mia adesso» dice. Ha un tono tutto diverso. Gridava, un attimo fa. Ora è spaventata a morte.

«Calma, calma» dice Carolina, «signore, andate a casa. Abbiamo creato non poco scompiglio, vedete?».

«Tu non torni più a casa mia» urla la maestra. Poi si allontana insieme alle altre, mentre la maestra Ester rimane in disparte e non la smette di fissarmi. Il suo sguardo mi provoca disagio.

L'Aurelia mi abbraccia. Rimango impalata, lascio che si sfoghi. «Nora» mormora, «tu non c'eri, ma sono impazzita! A un certo punto uno ha scherzato sul fatto che noi piscinine siamo delle *cocotte* e io mi sono messa a singhiozzare proprio come una bambina. Perché a me è successo davvero, il padrone si approfittava di me e poi mi dava qualche centesimo in più e a casa non le ho più buscate, erano contenti...».

[9] Bisogna portare a casa i soldi, altrimenti le buschiamo.

Le accarezzo la schiena, senza sapere cosa dire.

«Ma poi davanti a tutti quei signori vestiti bene mi sono sentita male, ero sporca, sono stata stupida, sono come impazzita...».

Carolina viene verso di noi.

«Non sei impazzita, Aurelia» sussurra, «sei stata coraggiosa».

«Come faccio a tornare a casa» piagnucola la mia amica.

«Per ora non ci torni» la consola Carolina, «puoi stare da me, all'asilo Mariuccia».

Si volta verso le altre piscinine.

«Se qualcuna di voi è in difficoltà come Aurelia, ha subìto o sta subendo maltrattamenti, sappia che può e deve parlarne. All'asilo Mariuccia troverete rifugio e un pasto caldo».

Qualcuna delle piscinine più piccole scoppia a piangere.

Io mi guardo intorno, ma non scorgo Chiara. Ormai mi sono abituata ad averla accanto, sempre lì a fissarmi come se contassi molto per lei, e non vederla mi preoccupa. L'Aurelia passa dalle mie braccia a quelle di Carolina, che apre la borsa e inizia a distribuire tozzi di pane.

Maltrattamenti. Non oso immaginare cosa debba aver passato l'Aurelia, ma anch'io ne so qualcosa. Credo che ciascuna di noi sia stata maltrattata, ma non oso dirlo. La Gianna ha un'espressione ambigua. Non riesco a indovinare i suoi pensieri.

«Sei rinata» dice, «io invece ho sudato sette camicie con quelle là». Indica le compagne che stanno mangiando e parlano con Carolina. La folla inizia a diradarsi.

«Pe... però sono state b-brave» commento, «o n-no?».

«Sì» ammette Gianna, «mentre eri a toglierti il marcio dai capelli, alla Camera del Lavoro le maestre hanno preso una decisione. Insomma, prima che l'Aurelia facesse quella scenata».

«L-le nostre richieste sono state accettate?».

«Stanno per cedere» conferma Gianna. Si passa un dito sotto il naso, inspira facendo rumore, sbuffa per tirare fuori la tensione.

«Le hanno accettate o n-no?» chiedo.

«Qualcosa sì. Ma non è il momento di fermarsi».

«C-certo che no. Però stanno iniziando a prenderci s-sul serio!».

«Se non fosse stato per la tua amica» commenta la Gianna, «non credo che ce l'avremmo fatta».

«M-ma cosa dici!» la interrompo, «l-la Lisa non ha proprio fatto nulla. Sei stata tu, Gianna, a guidarci tutte. Hai seguito le tue idee e hai fatto valere il nostro diritto al lavoro».

«Anche tu sei stata importante» dice lei. Mi mette una mano sulla spalla. Il suo alito caldo mi arriva al collo.

«Meno di quanto avrei voluto» ammetto. Mi infastidisce che la Lisa abbia comunque dato un suo contributo.

«Ma guarda che abbiamo appena iniziato» continua stringendomi la spalla, «io a quelle là che adesso sbocconcellano pane ho detto che non dobbiamo mollare, che se adesso torniamo a lavorare sarà stato tutto vano. Dobbiamo ottenere l'approvazione di tutti i punti, non solo di alcuni. E per questo ci servi anche tu, Nora. Le altre ti ammirano. Io stessa ti ammiro perché rifletti prima di parlare e non ti lasci distrarre dalla nostra missione».

Parla come un vero capitano, in grado di dare un compito a ciascuno dei suoi collaboratori.

«So… sono pronta» le dico, «n-non sono mai stata c-così convinta di qualcosa. Mio padre sarebbe fiero. Lui si è ba… battuto ed è morto sotto i cannoni di Ba… Bava Beccaris. Ho sempre voluto renderlo orgoglioso di me. Il problema è che non po… posso tornare a casa mia…».

La Gianna aggrotta la fronte.

«Come tante di noi, a quanto pare». Accenna all'Aurelia, che sta ancora piangendo abbracciata a Carolina.

«Già. I miei fratelli non so… sono d'accordo con lo sc-sciopero. Mia ma… madre nemmeno, anche se non l'ho mai p-più vista da quando è c-cominciata questa storia. Ho un amico da cui p-potrei stare, vive dalle parti di Brera, ma non è il caso che io d-dorma da lui. Ha una fidanzata e anche se è vecchio la gente po… potrebbe parlare male».

«Vieni da me» dice la Gianna, «abito nella zona di Porta Ticinese. Ci sei mai stata?».

«Certo. Il papà aveva i suoi amici fabbri lì. M-ma non voglio disturbare…».

«Siamo in otto in casa. Mio padre lavora tutto il giorno. Anche i miei fratelli e le mie sorelle. La mamma non c'è più».

Sto per dirle che mi dispiace, quando sento chiamare il mio nome. Mi giro e vedo la maestra Ester, ha appena salutato una collega e avanza verso di noi. Sospettavo che stesse aspettando il momento giusto.

«Nora!» grida ancora. Io non accenno ad avvicinarmi.

«Andiamocene» suggerisce la Gianna.

«Aspetta» la prego, «vo… voglio sentire cosa ha da dirmi».

La Ester sapeva che il marito mi toccava, le poche volte in cui si faceva vedere a casa. Ne sono certa perché quando provavo a lamentarmi, a farglielo capire, lei non negava, non si arrabbiava, ma diceva che con gli uomini ci vuole pazienza, che alla fine son tutti uguali, che però era meglio starsene zitte.

Quando mi trovavo a tiro, suo marito aveva sempre una scusa per toccarmi, anche davanti ai suoi occhi. Mi chiamava bambina o piscinina, per nome mai, non lo sapeva neanche. Mi dava pacche sul sedere. Una volta aveva anche detto a sua moglie che avrebbe potuto prendere una ragazza a servizio un po' più carina, con un minimo di carne sotto le vesti.

Avevo sempre sopportato, fino a che la Gianna mi aveva messo in testa questa idea dello sciopero. O forse era successo il contrario, lo sciopero era nato proprio grazie alle nostre lamentele ed ero stata io a suggerirlo a lei. In ogni caso, oggi scopro che le altre piscinine subivano maltrattamenti simili ai miei. Qualcuna molto peggio.

«Nora, finalmente ti trovo» dice la maestra Ester, «Pensavo

che ci fossi anche tu oggi, alla Camera del Lavoro. Per un attimo mi sono detta che magari avevi rinunciato».

«Niente a-affatto» rispondo, «è... è solo l'inizio, Ester».

«Lo sciopero l'ho fatto anch'io, tu lo sai» si scalda lei. Evita lo sguardo della Gianna, che non mi molla il braccio.

«Sì, m-ma qui è diverso. So... sono tutte piccole» ribatto.

«Ma tu sei una signorina, potresti aspirare a qualcosa in più: un vero lavoro, per esempio. Ormai è ora».

Avrei voglia di prenderla a schiaffi per tutte le volte che mi ha detto il contrario. Mi ripeteva sempre che essere una piscinina era meglio, che dovevo ringraziare di avere un fisico che non si era ancora formato, perché poi avrei dovuto capire come mantenermi senza essere attaccata alle pettole della sua gonna.

«Sembri una bambina goffa, sei anche spilungona» mi scherniva, ridendo di me con le sue colleghe. Non mi ha mai insegnato il mestiere di cravattaia, perché non c'era tempo. C'erano troppe commissioni da fare, dovevo portarle anche il caffè, reggerle le stoffe, andare in giro a fare consegne.

Se non ho mai aspirato a niente di più, è anche perché mi è mancato il tempo.

«Siete state brave, ma domani ti aspetto al lavoro, va bene?».

«Ha detto di no» ringhia la Gianna, che si è fatta rossa in viso.

«Non sto parlando con te, mocciosa» ribatte Ester.

Si guardano in cagnesco.

«N-non tornerò domani» la informo, «lo... lo sciopero prosegue».

«Pensa alla tua mamma, che è preoccupata. Mi ha cercata, mi ha chiesto di riprenderti e io lo sai come sono fatta, troppo buona per rifiutare. Mi ha fatto pena. Ha già perso il suo caro marito, pace all'anima sua. Vuoi davvero essere così crudele?».

Ho perso anch'io il papà. E la mamma ha lasciato che i miei fratelli mi cacciassero fuori di casa.

«Non hai idea di quello che si respira al lavoro, da quando tu non ci sei» continua. Poi guarda la Gianna: «Ho parlato anche con la tua, di maestra. È uguale ovunque, eh? Mancate a tutte».

«Lo credo bene» infierisce la Gianna, «non avete più le vostre schiavette personali!».

La Ester mi prende la mano.

«Nora, se torni ti aiuterò a imparare il mestiere. Te lo prometto. Non c'è mai stato tempo, ma adesso ho capito che per te è importante. Così, se non troverai marito, potrai essere indipendente...».

«C-cosa c'entra il marito?» domando, sulla difensiva.

Penso alla Lisa, che si sposerà presto. All'Angelica, che ha trovato un uomo ricco. Ho paura di rimanere zitella.

«Questa mattina è arrivata la baronessa Coletti con la figlia. Quando è venuto il momento di cambiarsi, non volevano spogliarsi perché avevo mandato mio figlio a fare le commissioni al posto tuo, e avevano paura che arrivasse da un momento all'altro e non si sentivano a loro agio. Perderò tutte le clienti, se fai così. Hanno chiesto di te, si sono stupite che anche tu facevi lo sciopero. Hanno detto che casa mia è vuota senza di te che le consigli e hanno ragione!».

Le guance di Ester si sono arrossate.

«Basta» dice la Gianna, «Nora tornerà quando ne avrà voglia. Voi iniziate ad accettare tutto quello che abbiamo chiesto».

Mi tira per un braccio e io la lascio fare. Ci incamminiamo verso casa sua.

Mi giro solo una volta e la Ester non smette di fissarmi. Socchiude le labbra e sputa per terra.

La Gianna abita vicino al ponte di Sant'Ambrogio. Mentre camminiamo alcune donne la salutano, poi bisbigliano tra loro. Osservo il canale, mi piacerebbe tanto abitare qui e sentire il mormorio dell'acqua dalla finestra. C'è odore di pesce mischiato alla polvere della strada, come se la città stesse facendo a pugni con l'acqua per capire chi l'avrà vinta. Le vie sono affollate, ma non è come nella mia zona. Qui la gente come noi non è mescolata a quelli più ricchi: non devo trattenere il fiato, né lasciare il passo a qualcuno di nobile mentre cammino. Siamo tutti dalla stessa parte, sguardo basso e passo svelto, odore di fatica e niente profumo. La mamma aveva le sue migliori clienti nel nostro quartiere, non di certo a Porta Ticinese, dove le saponette le vedono molto poco.

Mi sento a casa.

Anche quando entriamo a casa della Gianna ho la stessa sensazione: dalla finestra della zona giorno si vede il canale, sembra di essere in un'altra città. La casa è piccola, divisa su due piani come la mia. Rimaniamo un attimo a contemplare il caminetto spento, dove le sue sorelle hanno lavorato a maglia fino a poco prima. I loro lavori sono sistemati in una cesta, in ordine. La legna è impilata accanto al camino, si sente odore di bruciato. Su una poltrona sta ben piegata una coperta di lana ricamata a rombi grigi e rossi.

Saliamo la scala di legno a chiocciola e mi trovo in un corridoio che dà su tre camere. La Gianna mi indica la più piccola. Entriamo e c'è solo un letto, vuoto. Gli altri due, a castello, sono occupati dalle sue sorelle. Stanno riposando, non ci sentono entrare.

«Puoi dormire con me questa notte» dice la Gianna, mostrandomi il suo letto, «lo condividevo con mia sorella, prima che restasse incinta».

«E ora dov'è?» mi lascio scappare.

«Con quello che l'ha messa incinta, no?» risponde lei, come se fosse la cosa più ovvia del mondo. Si leva il vestito e rimane in sottoveste. Sembra ancora più magra e più piccola. Scioglie i capelli, che ricadono disordinati sulle spalle. Un ciuffo in su, uno più corto. Ha i capelli ispidi e gonfi. Si accorge che la sto guardando.

«Ho provato a tagliarmeli» ride, «li volevo corti come un maschio».

Disfo la treccia, che ho rifatto quando mi sono lavata. I capelli sanno ancora di sapone.

Mi spoglio anch'io e mi stendo accanto alla Gianna.

Nel letto a castello vicino a noi le sue sorelle si muovono a tratti. Sento i loro respiri pesanti e non vedo l'ora di abbandonarmi anch'io.

«Dove sei stata a lavarti?» bisbiglia.

«Dal mio amico p-pittore» rispondo. Ho sonno e non ho voglia di fare conversazione, ma mi manca il coraggio per dirglielo. La Gianna ha appoggiato la testa al cuscino, ma non la smette di fissarmi.

«E com'è che siete amici?» chiede, «io non conosco nessun artista».

«V-veniva a casa di mia madre q-quando ero piccola» dico.

Guardo il soffitto, sperando che la pianti. Invece non ha alcuna voglia di dormire.

Mi accarezza il braccio.

«Senti che pelle liscia» dice. Si china a darmi un bacio sulla spalla. «Sei bella» sussurra. Cerca le mie labbra.

Mi ritraggo.

Torna sulla spalla e ci soffia sopra.

Speravo di sentire un brivido, qualcosa di simile all'attrazione mista a scoperta che avevo provato quando avevo provato a toccare la Lisa in mezzo alle gambe. Credevo che l'emozione mi avrebbe travolta, o qualcosa del genere, come mi disse l'Angelica quando le chiesi come fosse stato fare l'amore con l'Achille.

Invece la sensazione che sto provando adesso è simile a quella di quando mi toccava il marito della maestra. I peli mi si rizzano e lo stomaco si contrae, ho solo voglia di scendere dal letto ed evitare la sua bocca, che sta scendendo dalla spalla al braccio. Mi lecca nell'incavo, sento il solletico all'ascella, ridacchio. Mi scosto.

«Non sei mai stata con una ragazza?» sussurra.

Scuoto la testa.

«Mi piacciono i ragazzi» mi affretto ad aggiungere.

L'ho detto ad alta voce, che sono attratta dagli uomini. Un po' ne dubitavo, per quella cosa che era successa quando mi aveva toccata la Lisetta. Ma ora ho una certezza: non sono attratta dalla Gianna.

«Peccato» dice, «ero convinta del contrario».

«C-come mai?» chiedo.

«All'inizio per come mi guardavi» risponde lei, tirandosi su a sedere.

«P-poi?».

«Poi ho visto come fissavi la tua ex amica e ho pensato che tra voi c'era qualcosa».

Sento caldo.

«Pe... perché?».

«Te la mangiavi con gli occhi. I capelli, il seno. Credevo di andare sul sicuro con te. Non sei una bigotta».

Sento che sto sudando.

«T-ti ho mentito» ammetto, «l-la Lisa non è solo una che conoscevo. Era la mia m-migliore amica. E la ammiravo, forse volevo essere simile a lei. Non lo so».

«Già» mormora la Gianna, come se sapesse tutto quanto.

«Ti ha p-parlato di me?».

«No» mi rassicura lei, «e non è neanche il mio tipo, altrimenti ci avrei provato anche con lei. Credo che mi sarebbe andata meglio» scherza.

«S-si sta per sposare con l'Achille» commento. Avevo bisogno di dirlo una volta ad alta voce. Non mi sento meglio. Mi sembra ancora assurdo.

«Chi è l'Achille?».

Sospiro a questa domanda. Sono talmente stanca che mi sembra di tornare indietro nel tempo, al giorno in cui l'Angelica mi chiese la stessa cosa.

Avvenne circa dieci giorni dopo che la scoprii sotto il bancone della drogheria.

Non l'avevo più vista, nemmeno di sfuggita. Avevo evitato tutti, anche la Lisa, perché non volevo parlare di quanto avevo visto. Sapevo, però, che a un certo punto avrei dovuto farlo. Dopo i primi giorni di silenzio mi resi conto che nessuno sarebbe venuto a cercarmi. La Lisa avrebbe continuato a vedere l'Achille, ignara di tutto. L'Angelica non aveva alcun motivo di parlarmi. L'Achille… Non sapevo a cosa stesse pensando l'Achille, ma se vedeva la Lisa era travolto da un vortice che ben conoscevo. Lei era così, non si poteva dirle di no, tantomeno contraddirla. Ti faceva scordare chi eri, con le sue chiacchiere e i suoi problemi, sempre peggiori di qualsiasi cosa stesse capitando a te. O le sue gioie, migliori di qualsiasi felicità tu stessi provando.

Ero delusa, certo, per quello che l'Achille aveva fatto con le mie amiche. Mentre portavo il telegramma e cercavo di distrarmi, avevo sempre davanti agli occhi il suo viso, la fossetta sulla guancia, il ciuffo ribelle. Lo vedevo mentre ci salutavamo ed entrambi poi spostavamo lo sguardo, quando ancora non ci parlavamo e lo avevo notato solo io. Sentivo le sue dita sul collo. Quelle immagini venivano poi sostituite di prepotenza dalla rosa bianca che aveva regalato alla Lisa. Ma soprattutto dal suo corpo mezzo nudo, che potevo solo figurarmi, sopra quello dell'Angelica. Era una continua ruota dolorosa: quando arrivavo a quel punto della storia percepivo un dolore fisico appena sopra l'ombelico. Allora mi dicevo cha facevo bene a starmene in disparte, a non farmi più vedere, a non cercare nessuno di loro. Ma più passavano i giorni e più, da sola con quegli stessi pensieri, senza nessun altro sfogo se non quello del lavoro, mi sembrava di impazzire. Nessuno chiedeva della Nora.

Dovetti ammettere, mio malgrado, che l'Achille non era interessato a me nel modo in cui avrei voluto e, nonostante questo bruciasse, avevo bisogno di sapere cosa stesse facendo. Se stesse frequentando entrambe le mie amiche.

Decisi di recarmi a casa dell'Angelica, non distava poi così tanto come mi sembrava quando eravamo più piccole e la casa della Lisa era il punto di ritrovo. In realtà ci misi solo dieci minuti a piedi, passando davanti alla drogheria dell'Achille, dove girai il capo per non salutarlo, e alla casa della Lisetta più avanti, appena attraversata piazza della Scala.

L'Angelica non ci aveva mai invitato da lei e solo quel giorno mi resi conto del perché. Il Bottonuto era famoso per essere un brutto quartiere, la mamma lo diceva sempre, tanto che quando ero piccola s'era pure inventata la storia di un brigante che ammazzava le piscinine. Avevamo accompagnato l'Angelica solo qualche volta, ma lei ci aveva sempre fatte fermare, indicandoci la sua abitazione, una casa a due piani in via Quercia, dove al piano terra stava la bottega di suo padre, che faceva il calzolaio. Per la prima volta mi fermai a guardare l'insegna, *Da Gianni*, sgangherata, scolorita e sporca. Pensai ai bei vestiti dell'Angelica e ricordai il pettegolezzo che avevo sentito dalla Lisa: la madre dell'Angelica era una nobile, che aveva perso quasi tutto quando aveva deciso di sposare il Gianni. Lui, per non farle mancare niente, si era messo a fare il bottegaio e lei lavorava sempre accanto a lui, che non la perdeva d'occhio. All'inizio la casa era grande a sufficienza e l'affitto poco caro, ma poi avevano avuto otto figli. L'Angelica era la femmina in mezzo, a cui era toccato di fare la piscinina e portare la paga a casa, come molte di noi.

Volevo affrontare la mia amica, chiederle come fosse andata con l'Achille e cosa pensasse di fare con la Lisa, che io avevo evitato per tutti quei giorni.

La sera stava calando e dalle case vicino alla bottega si sentivano voci di donne, schiamazzi di bambini, vociare di uomini e risate. L'odore del Bottonuto si appiccicava alla pelle. Donne con il rossetto fiammeggiante e le guance scavate, gli occhi enormi, mi passavano a fianco senza vedermi. File di panni erano stese alle finestre, cosa che succedeva anche da noi, ma in maniera meno sfacciata. Alcuni mutandoni, gocciolando, creavano piccole pozze sul selciato. Angelica uscì dalla bottega del padre, mi fece segno di allontanarmi e mi condusse in un vicolo cieco, dove da un terrazzino una donna dalle pupille bianche si lisciava lo scialle sulle gambe.

«Ti ha dato di volta il cervello? Che ci fai qui?».

«V-volevo parlarti» risposi, «e n-non ti fai più v-vedere».

Aveva il volto stanco e i capelli raccolti in una crocchia con due grosse forcine.

«Abbiamo tanto da fare».

Sapeva di cuoio e sudore.

Guardai la vecchia cieca.

«È tua p-parente?».

«No, non farci caso. Ha perso la testa e la vista, la tengono lì fino a che…».

Fece un gesto con la mano, come a dire che non aveva importanza.

Quella signora, la puzza, la gente che spintonava, gli scuri che si chiudevano di scatto, tutto mi stava inquietando.

«Chi ti ha detto di venire qui, se devi fare quella faccia?» brontolò l'Angelica.

Le presi una mano.

«Siamo amiche, n-no?».

Sorrise. La ritrasse.

«Non so se vuoi più esserlo, dopo l'Achille».

«L'Achille è…» risposi.

«Già, chi è l'Achille?» m'interruppe. Le sue guance avevano preso di nuovo colore. «Uno che ti manipola e poi ti lascia lì, senza più notizie» si lagnò.

Poi, con voce sommessa, aggiunse: «Anche se ci dicevi di no, l'avevamo capito che ti piaceva».

«C-chi?».

«La Lisa e io. Lo sapevamo. Ma volevamo portartelo via. Mi dispiace, Nora».

Non provai rabbia. Non so perché. Era una cosa che avevo

sospettato e che mi veniva solo confermata. La Lisa era fatta così. Ricordo che continuai a fissare la vecchia nel suo scialle azzurro, sembrava ascoltarci.

«Non sei andata d-da lui?».

«Certo che ci sono andata» rispose lei, «ma era impegnato, stava lavorando, mi ha cacciata».

Si sfregò gli occhi, che si stavano appannando.

«Non mi vuole più vedere. Ho perso la verginità con un cafone».

Mi sentii sollevata sapendo che l'Angelica stava soffrendo per lui e che a lui non importava.

«Sai che quando avete fatto l'amore ha dato una ro… rosa alla Lisa, lo s-stesso giorno?».

«Vigliacco» mormorò lei.

«L'ho p-pensato anch'io».

Rimanemmo un attimo senza dire niente, mentre qualcuno, in una casa poco più in là, faceva l'amore. Sentivamo le urla dell'amplesso, quelle acute di lei, a tratti finte, sofferenti, e quelle dell'uomo, che la insultava.

«Che… che s-schifo» bisbigliai.

«Qui è sempre così. Ma perché, tu non li senti quando si accoppiano?».

«Qualche v-volta» risposi.

In realtà non ci avevo mai fatto caso, fino a che avevo visto lei e l'Achille. Sarebbe stato strano rivelarglielo.

«L'Achille almeno è stato gentile» aggiunse lei.

Le stavo ancora tenendo la mano. Me la strinse.

«Mi sono innamorata, Nora» dichiarò a quel punto. Le lessi il terrore nelle pupille. «Sono giorni che ci penso. Che spero venga a trovarmi, magari con una rosa anche per me. Ma qui è sempre tutto uguale e per lui non è stato niente. Mi sono solo gettata nelle sue braccia e ho sbagliato…».

«P-perché non sei venuta d-da me?».

«Pensavo fossi arrabbiata e che non volessi più vedermi».

«E l-la Lisa?».

Abbassò lo sguardo.

«Lei… Speravo mi venisse a cercare. Ma è ovvio che non le importa della sua amica. Ora che mi dici della rosa, ho un'idea di dove sia stato l'Achille in questi dieci giorni. E io a tormentarmi per lui».

Si mise a piangere.

Avrei voluto abbracciarla, ma quella volta qualcosa me lo impedì. Ero pur sempre arrabbiata, perché con tutti i ragazzi che c'erano lei era andata a scegliere proprio quello che piaceva a me.

«Dimmi che almeno siamo ancora amiche» mi supplicò.

La vecchia cieca si schiarì la voce. La coppia terminò l'amplesso, con un sonoro grido di lei e un'esclamazione colorita dell'uomo.

«Devo t-tornare a casa» le risposi, «m-ma fatti v-vedere. Non ho niente c-contro di te. S-sono più arrabbiata con l'Achille».

In parte era vero, ma non del tutto. Ce l'avevo con me stessa, più che altro, per essermi fidata delle mie amiche a tal punto da non pensare che mentre la Lisa confabulava con me contro l'Angelica, allo stesso modo loro due potessero parlare alle mie spalle.

«In tre c'è sempre la vittima» diceva la mia nonna. Aveva ragione e adesso ne stavamo pagando le conseguenze.

«Ti accompagno per un pezzo» fece.

Quando fummo più lontane il tanfo parve abbandonarmi, ma mi resi conto che la pelle della mia amica ne era impregnata e mi chiesi come avessi fatto a non accorgermene mai.

«L'Achille è il ra… ragazzo di cui eravamo innamorate tu… tutte e tre» dico sottovoce. La Gianna annuisce.

«Lo immaginavo» risponde. «E come mai è finito con la Lisa?».

Alzo gli occhi su di lei.

«V-vuoi scherzare? Hai visto la Lisa e hai v-visto me?».

Lei finge di non capire.

«Non c'è bisogno di fare que… quella faccia. So benissimo di essere più b-brutta della Lisa. E meno c-colta. Non so neanche scrivere. E s-senti che b-balbetto».

Scuote la testa.

«Chi ti ha messo queste convinzioni nella crapa?» brontola.

«T-tutti» rispondo, pronta.

«Non sono certo io, Nora, a doverti dire che sei bellissima. Però è la verità. Sei anche la più intelligente che abbia mai conosciuto. Non ti dovresti buttare giù così. Hai fegato, amica mia».

Le sue parole mi colpiscono, ma proprio non riesco a vedermi come una che ha fegato, tantomeno come una ragazza bellissima.

«G-grazie» rispondo, poco convinta.

Lei stende i piedi e mette una mano sotto il cuscino.

«D-dormiamo, che è t-tardi» suggerisco.

«Buonanotte, Nora» sussurra la Gianna.

7.

27 giugno 1902
Camera del Lavoro

Non mi piace che tutti questi giornalisti siano accalcati qui fuori. Non abbiamo fatto lo sciopero per essere fotografate come celebrità. L'Emilio mi ha sempre detto che è importante che i giornali parlino di ciò che accade, che la popolazione sappia, che non ci sia distanza tra i ceti grazie alle notizie che vengono scritte, non solo strillate o bisbigliate tra passanti. Ma io non ne capisco molto, a me sembra che stiano solo facendo a gara a chi scatta la foto più sensazionale.

La Gianna è a proprio a suo agio con il fazzoletto rosso sul polso, a guidare le altre.

Chiara mi saluta da lontano. Ha sempre il viso sporco, quella bambina. Cerca di raggiungermi in mezzo alla folla di ragazzine che stanno entrando alla Camera del Lavoro. Mi auguro che non abbia perso un altro dente.

«Entrate, avanti» ci dice la nostra beniamina, sorridendoci. Carolina è sempre seguita dalle più piccole, soprattutto da quando dalla sua borsa saltano fuori tozzi di pane raffermo e biscotti secchi. Saluta la Gianna con una stretta di mano. Sembra quasi che siano diventate colleghe. Da una parte le maestre, le adulte, qualcuna ha solo una manciata di anni più di me. Dall'altra noi, le più piccole, con il moccio al naso e i vestiti macchiati di minestra.

«Dunque» dice il Croce, che la Gianna mi ha spiegato essere il presidente della Camera del Lavoro, «siamo qui per trovare un accordo tra voi piscinine scioperanti e le maestre».

Rispetto alla prima volta parla in modo serio, non bada ai

sorrisini dei colleghi, ci guarda in faccia una per una. Mi sento fuori posto, gli occhi dei fotografi addosso, gli schiamazzi eccessivi delle piscinine, che si sporgono per salutare le maestre e sembra abbiano già sepolto l'ascia di guerra.

«Aiutami, Nora» dice Chiara, che è comparsa accanto me.

«Da do…».

Sto per chiederle da dove è sbucata, quando vedo che si sta tenendo il naso perché le esce sangue.

Guarda in direzione di una donna, la sua maestra, che sta alzando il pugno.

«Vieni qui» le dice, usando solo il labiale, «disgraziata».

«Lei è la maestra Ada» mi spiega Chiara, «sono tornata a lavorare perché avevo fame. Non ho nessuno da cui andare. Mi ha picchiata. Oggi mi ha rivista qui e mi ha dato un pugno sul naso».

Piange, si aggrappa a me e mi sporca il vestito.

Intanto Ada cerca di avvicinarsi a noi tra la folla. Le altre maestre stanno guardando in direzione dei fotografi e sorridono.

«Ma… maledizione» dico e cerco la Gianna. Anche lei non bada a noi e ascolta attentamente le parole di Croce, che ha invitato le maestre a prendere la parola.

«Abbiamo il piacere di comunicare» dice una portavoce delle maestre, «che dopo lunghe consultazioni» si ferma e fa un sorriso, «accogliamo i vostri desiderata».

Prendo in braccio Chiara. La Gianna si gira verso di me. Mi vede con la bambina grondante di sangue.

«Che fate?» mi chiede.

Non faccio in tempo a risponderle, che il boato delle piscinine che urlano vittoria irrompe nella sala. Carolina esulta con noi.

«Ma cosa diavolo sta succedendo?» chiede la Gianna.

«Lo… lo… lo sciopero» mormoro, confusa. Chiara le mostra il naso insanguinato.

Le piscinine intorno a noi urlano, spaventate.

«Non è niente» si affretta a dire la maestra Ada, che nel frattempo ha guadagnato terreno, «l'ho solo rimessa al suo posto!».

Croce si prende la testa tra le mani.

«Signore!» urla, «un po' di contegno, per favore!».

Carolina si precipita con dell'acqua.

«Ancora tu» commenta, quando vede Chiara.

«N-non è la p-prima volta?» chiedo.

«Si è presentata all'asilo Mariuccia il primo giorno dello sciopero. Le aveva prese dalla maestra».

Scuoto la testa.

«Po… potete tenerla voi?».

«Lei è la mia piscinina!» sbraita la maestra Ada, dietro le mie spalle, «chi sei, tu, ritardata? Di che t'impicci?».

Chiara la guarda a occhi sbarrati. È pietrificata.

«Non parlare così alla mia amica» sbotta la Gianna. Le dà una spinta.

Anch'io mi sono bloccata, in mezzo a quel putiferio, alla parola "ritardata".

«Come osi!» grida la maestra. Si rivolge al presidente della Camera del Lavoro.

«L'avete vista, no? Mi ha dato una spinta. Ma io ho a cuore questa bambina, l'ho cresciuta come se fosse mia figlia!».

Cerca di prendermi dalle braccia Chiara, che si aggrappa al mio vestito.

Carolina si mette in mezzo.

«Non la toccate!» grida.

I giornalisti iniziano a scattare foto nella nostra direzione.

«Nora, tienimi con te! La maestra è cattiva, ho paura!».

Chiara viene tirata per un braccio da Ada, che da vicino ha i denti gialli e macchie di unto sul fazzolettone che le ferma i capelli. Puzza di piscio.

«Ti prego» continua Chiara, sulle guance sangue e lacrime.

«Signore, basta!» urla di nuovo Croce. «O sarò costretto a chiamare la polizia! Non siamo al lavatoio!».

I suoi collaboratori ridono. Anche qualcuna delle maestre. Sto fremendo, ma non so che fare.

«La bambina rimane con noi» ringhia la Gianna.

Chiara si avvinghia al mio collo e Carolina le passa un fazzoletto per pulirsi il sangue. Ada si allontana, ma continua a guardarci in cagnesco. Non la mollerà. Non oggi.

«D-dico... dicono di aver accolto tutto» bisbiglio alla Gianna, «che altro possiamo fare?».

«Dovevamo chiedere di più» mormora lei, «dovevamo abolire il lavoro straordinario. Da domani si torna a sfacchinare più di prima, te lo dico io. Ce la faranno pagare».

«Una portavoce venga qui per la firma» dice il Croce, serio, mentre la nostra beniamina mi fa segno di seguirla.

I miei piedi sono ben piantati per terra, non mi muovo. Sono la magnolia di piazza Duomo, ho radici solide. Chiara mi copre il viso con i capelli spettinati.

«Nora, sbrigati» mi sprona la Gianna, «alla Chiaretta ci penso io».

Anche Carolina insiste, mi mette una mano dietro la schiena. Il suo tocco è leggero e amorevole. Vorrei che quella mano rimanesse lì ancora un po'.

«V-vieni con me» chiedo alla Gianna, «che se c'è da p-parlare io non ci r-riesco».

La Gianna alza gli occhi al cielo. Passa la Chiara all'Aurelia, che se la stringe al petto e sembra volerla nascondere al mondo.

Ci avviciniamo alla portavoce delle maestre e i fotografi iniziano a prenderci d'assalto.

«Siete soddisfatte del risultato?» chiede uno di loro.

«Certo» risponde Gianna con la sua voce squillante che tanto invidio, «ma è solo l'inizio».

«L'inizio?» incalza un altro.

«Riteniamo che ci sia molto di più da fare per ottenere delle condizioni lavorative buone per le piscinine. E rispetto per il nostro corpo».

Annuisco. Chiara mi guarda da lontano, come se fossi la sua eroina.

«Bene» taglia corto Luigi Croce, che sembra avere faccende molto più importanti da sbrigare, «ecco la penna per la firma».

Non ho mai preso una penna d'oca. Me la porge e io la tengo tra le dita della mano destra, impacciata. Ho scritto qualche volta il mio nome col gessetto. Per terra, quando disegnavamo le linee per giocare a campana. La Lisa mi ha guidato il braccio, ridendo della mia goffaggine. Scrivere con una vera penna mi dà una sensazione fisica di piacere, guardo l'inchiostro impregnare come per magia il foglio bianco. Vorrei saper scrivere un documento tutto mio, per intero, avere quella che chiamano "una bella grafia". Tutti mi stanno guardando, sento gli scatti dei fotografi e la voce della Gianna che sta parlando con le maestre.

Scrivo il mio nome come meglio posso, sto attenta a non sbavare. Firmo il documento che accoglie le nostre richieste.

«Certo, quando ero una piscinina io» borbotta una maestra, «non mi sarei mai immaginata di fare addirittura uno sciopero. Noi stiamo sedute chine sui lavori, loro vanno a bighellonare per Milano e si lamentano anche. I tempi sono proprio cambiati».

Un'altra le dà ragione. Finisco con fatica di scrivere il mio nome e porgo il documento al signor Croce, che mi elargisce un sorriso.

La Gianna sta parlando con Carolina di una scuola d'arte che vogliono aprire proprio per le piscinine.

«Sarebbe gratuita, per poche ore, poi vedremo. Alcune di queste piccole hanno a malapena un posto dove andare a dormire, figuriamoci un'istruzione».

«È tutto meraviglioso, Carolina, grazie» dice la Giannina.

«La Chia… retta?» chiedo.

«Porteremo anche lei all'asilo» mi rassicura Carolina, «non ti devi preoccupare».

Vorrei una madre come lei. Non che la mia sia stata cattiva, anzi: mi vuole bene. So che non ha avuto tutto quello che si aspettava dalla vita, perché il papà l'ha lasciata da sola troppo presto e l'Emilio è stato il suo amante, dunque non era davvero presente nella realtà di tutti i giorni. Questo deve averla segnata, insieme al fatto di avere una figlia balbuziente. Sono certa che c'entri anche questo. Che amasse anche lei di più la Lisa. Che volesse essere orgogliosa e vedermi recitare tutta una poesia senza mai sbagliare le parole.

Ora che vedo come si comporta la signorina Carolina Annoni con le bambine piccole e anche con noi grandi, mi rendo conto che mi sono mancate le carezze, le coccole, i baci e i tozzi di pane dati fuori pasto. Sono cresciuta pensando che fosse normale non avere tante attenzioni. Ero convinta fosse giusto che la mamma le desse solo ai figli maschi. Che fosse assolutamente normale che se ne stesse spesso sola, arrabbiata col mondo, senza poterla avvicinare.

Carolina viene verso di me e mi porge il pane. Lo rifiuto: ho lo stomaco sottosopra. Lei mi osserva, poi sorride e mi abbraccia. Mentre mi avvolge, preme il mio viso contro il suo petto. Mi sento le mani pesanti sui fianchi. Non sono capace di rispondere a quell'abbraccio. Lo vorrei tanto, ma è come se non fossi in grado di farlo, almeno non davanti a tutti questi sguardi, non in questo preciso momento in cui sembra obbligatorio festeggiare.

«Devi essere fiera di te» mi sussurra Carolina. La guardo negli occhi mentre si stacca dall'abbraccio. Percepisco la sua sincerità e avrei voglia di piangere appoggiata a quella spalla solida, mentre annuso il profumo del suo collo.

Nessuno mi aveva mai detto una frase così bella. *Devi essere fiera di te.*

Non sono fiera di me. Non ancora. Eppure dovrei. Insieme alla Gianna abbiamo messo in piedi qualcosa che ha mosso un meccanismo gigante. Con le altre piscinine siamo arrivate fino a qui e ci siamo fatte ascoltare. Però pensavo che mi sarei sentita in tutt'altro modo. Pensavo che alla fine avrei provato quel senso di orgoglio che si ha quando si compie un gesto importante. Una felicità che vedo nelle altre, e che però io non sento affatto. Sarà lo sguardo malizioso degli uomini, tutto quell'ammiccare di fotografi, il fatto che alla fine sia accaduto alla svelta che le maestre ci abbiano ascoltato, il pugno sul naso che si è presa una bambina piccola, oggi che doveva essere un giorno di festa e che invece lei ricorderà forse con terrore. Mi rimbombano in testa le parole della Gianna: *dovevamo chiedere di più*.

Non ho mai osato chiedere di più, già quelle cose scritte a matita dalla Lisa, le nostre rivendicazioni, mi sembravano troppo grandi. Una domanda mi risuona nella testa, non riesco a scacciarla: e ora?

Le piscinine applaudono, urlano il nome della Gianna e mi danno pacche sulle spalle.

Chiara mi raggiunge, mi si avvinghia alle gambe, strofina il viso sul mio ventre.

«Sei stata brava» mi dice, «e quando sono con te non ho più paura».

Vorrei poter pronunciare la stessa frase. Mi sento smarrita. Non ho tutta questa fretta di crescere: ho bisogno che una persona più grande o più forte mi rassicuri e mi dica che posso rifugiarmi, che si prenderà cura di me, che andrà tutto bene.

Carolina prende Chiara per mano.

«Adesso seguimi» si raccomanda, «ti porto in un bel posto, va bene?».

Ada ci guarda da lontano e mi fa un gestaccio. Fingo di non vederlo.

Cerco la Gianna tra la folla. Gli uomini stanno prendendo le piscinine e le radunano in gruppi di tre o quattro per le foto di rito.

«Non cambierà nulla» bisbiglio, «è tutto finto».

Mi sento quella sbagliata del gruppo. So da dove arriva questa sensazione. La riconosco. Quando è stato il momento di parlare, ho lasciato che fosse la Gianna a farlo. Quando dovrei espormi non ne sono capace. Proprio come al compleanno del papà. Tutti gli amici erano radunati per lui, a casa nostra. Il mio regalo era la poesia che avevano scritto per me. L'avevo imparata a memoria e non vedevo l'ora di poterla recitare. Dopo l'ennesimo brindisi, la mamma m'incoraggiò a salire sulla sedia.

«La piccola ha un regalo per te» disse.

«Oh, che meraviglia» commentò il papà.

Mi arrampicai sulla sedia e guardai i miei fratelli. Stavano ridendo tra loro. Avevano sentito che provavo e riprovavo a memoria quella poesia e mi avevano fatto il verso. Avrei voluto prendere la scodella e buttargliela addosso. Ma c'erano anche gli amici del papà, sorridevano e guardavano nella mia direzione. Non volevo fare brutta figura.

«*Mi son la piscinina*» esordii.

Franco si mise a ridere tenendosi la pancia.

«Ecco che attacca con la lagna» disse.

Il papà aveva le guance arrossate per il vino, rise con lui. Non so cosa scattò nella mia testa in quel momento, ma ricordo che la vista mi si annebbiò e iniziai a pensare in maniera confusa. Perché ero lì in piedi? Perché Franco rideva di me? Perché tutti mi guardavano come se fossi buffa?

Rimanevo in silenzio, dritta sulla sedia. Percepivo la tensione della mamma e l'imbarazzo del papà.

«Avanti, l'hai studiata» mi incoraggiò la mamma, «come procede, te lo ricordi?».

Lo ricordavo eccome. Ce l'avevo stampato in testa.

Mi son la piscinina che gira per Milàn;
girà sira e mattina l'è 'l solito me tran-tran,
poeu, quand l'è sira fada, stufa,
straca, coppada,
con ona fam de loff,
voli a cà mia in d'on boff.

Il papà mi avrebbe voluto bene anche se non la ricordavo? Lo guardai.

«Nora, avanti» disse, «è il mio regalo di compleanno, voglio sentirla!».

«*Mi-mi-mi*» balbettai, «*giri per Milàn*».

Roberto si scompisciò dalle risate. Sentii le lacrime pungermi gli occhi.

«Non la ricordi proprio?» chiese il papà.

Il viso si corrucciò in un'espressione che mi rimase davanti agli occhi per un bel po' di notti a venire. Provai per la prima volta il nodo al petto di chi sta deludendo la persona che ama di più al mondo.

«Scendi, dài» commentò la mamma, «non la vuole dire, non l'ha ripetuta abbastanza. Somara».

Somara.

Franco fece il verso dell'asino.

Il papà alzò il calice.

«Brindo a tutti voi!» disse. Mandò giù, senza più degnarmi di uno sguardo.

Il giorno dopo non volle portarmi con sé a pesca.

Mi sento accaldata, ho un forte dolore al basso ventre e mi gira la testa.

«N-no!» urlo. Non so bene a chi o a cosa, ma qualcuno si gira a guardarmi.

«No!» dico ancora. «N-non abbiamo finito, co… continuiamo a scioperare!».

I giornalisti mi scattano qualche foto. Mi copro il viso con le mani.

«Che ti prende?» mi chiede la Gianna che mi ha raggiunta, «ti senti bene?».

Le maestre ridono.

«Quella lì è impazzita» dicono.

«Ma poi, che vuol fare ancora la piscinina? Rimarrà zitella se non si dà una svegliata».

«N-no no!» dico ancora, mentre le lacrime iniziano a scendermi lungo le guance.

«Ti porto fuori di qui» dice la Gianna. Mi prende per un braccio e mi sradica dal pavimento, dove avevo iniziato una seconda volta a mettere radici.

Cammino dietro di lei, mi lascio spingere fuori, sento le voci delle persone che commentano, afferro brandelli di conversazione come "guarda quella pazza, chi si crede di essere", "questo si ottiene quando si vuole troppo".

Annaspo e cado per terra, davanti alla Camera del Lavoro. La Gianna mi spruzza addosso un po' d'acqua.

«Respira» mi suggerisce, «respira. Sei pallida come un lenzuolo».

«M-mi gira la testa» ammetto. Sento la sua voce sempre più lontana e fatico a delineare bene i contorni del viso. Mi sistema i capelli dietro le orecchie.

«Nora» dice, «ma che cos'hai?».

Le piscinine se ne stanno andando, trotterellano dietro le loro maestre. Hanno l'aria soddisfatta. I fotografi continuano a seguirle, come fossero strani animali da circo.

Non riesco a parlare.

«Hai tirato fuori la voce» dice la Gianna, «non me l'aspettavo, sai? Solo che l'hai fatto in un momento decisamente inappropriato».

Cerca di sdrammatizzare, ma lo vedo che è spaventata.

«Nora, parlami».

Prendo fiato e sento il cuore che mi sta scoppiando nel petto. Tamburella impazzito, come quando scorgevo l'Achille per la strada e non vedevo l'ora di salutarlo.

«No... non sono riuscita a p-parlare» dico e la mia voce è strozzata, «p-per me sarà sempre tu... tutto uguale. Mi vedono come una ri... ritarda...».

Non riesco nemmeno a finire la frase. Eppure nella mia testa è così semplice. *Ri. Tar. Data.*

Le parole scappano. Le rincorro e loro si ribellano.

«Guardami, Nora» ribatte la mia amica, «forse sarà uguale, è vero. Ma è solo l'inizio. Abbiamo mostrato di avere voce e dignità».

Lei l'ha dimostrato. Certo non io. I giornali parlano di lei come della fautrice di tutto, nessuno menziona quella spilungona coi capelli corvini che le girava intorno, gli occhi annacquati e le mani sempre lungo i fianchi, perché non sa mai dove metterle. Forse finirò sul giornale come la scema del villaggio che ha provato a fare lo sciopero. È così che mi sento e il fatto che sia finito tutto prima che io abbia potuto dimostrare qualcosa mi sta perseguitando.

Vorrei chiederle chi sono, cosa ci sto a fare al mondo, quale sarà il mio destino, ma la Gianna è solo una tredicenne e, nonostante sia matura, non ha le risposte, anche se crede di averle.

Mi sembra di essermi svegliata in questo momento, di aver dormito sodo in questi quasi sedici anni, avvolta dalla nebbia di Milano come sotto una coperta spessa. Milano è rimasta la stessa, sono io a guardare la gente e le strade in maniera diversa. Non voglio più essere la piscinina che porta il caffè. Voglio essere Nora. Voglio smettere di vergognarmi di quella che sono. Iniziare a parlare. Anch'io ho una voce. E voglio trovare qualcuno che mi guardi ancora come quel giorno, quel primo maledetto giorno in cui i miei occhi incontrarono quelli dell'Achille. Con la stessa fame d'amore che da sempre vedo quando mi incrocio allo specchio.

«Va... vado a casa» dico, «che... che tanto qui è tutto finito».

«Non con quell'aria da cane bastonato» borbotta la Gianna.

I giornalisti si fanno vicini e lei viene presa d'assalto. Le chiedono dove, come e quando le sia venuta la brillante idea di scioperare. Fanno qualche domanda anche a me, ma so che se adesso posassi con lei, rimarrei sullo sfondo.

«Ci vediamo» mormoro.

«Nora!» urla lei, cercando di svincolarsi dai giornalisti. «Nora, aspettami!».

Le si incrina la voce, a lei che non ha paura di niente.

Sono già lontana. Passo davanti alla Scala, occhi bassi, non sento neanche il violinista che invita al concerto.

È tutto finito. Io sono riuscita a nascondermi in mezzo alle altre quando avrei dovuto alzare il braccio e comandare. Mi è venuto naturale scappare e rifugiarmi dall'Emilio proprio mentre c'è stata la discussione più significativa alla Camera del Lavoro, con le maestre. Non ho voluto parlare, ho solo fatto una maledetta firma e per riuscire a scrivere mi sono concentrata sino allo sfinimento. Ho anche avuto bisogno della mia ex amica per lo sciopero, proprio una brillante idea. L'ho fatta conoscere alla Gianna e me ne sono pentita subito dopo, esattamente come è successo con l'Achille. Ho cercato di proteggere Chiara, ma è servito l'intervento di una vera adulta. Non è così che avevo immaginato andassero le cose. Non sono neppure riuscita a ricambiare un abbraccio. Ci ho provato, ma è più forte di me. La Gianna mi stava richiamando indietro perché le faccio pena, ormai è chiaro. Una dolce balbuziente che voleva giocare a fare la grande. Finisce tutto qui.

Mi brontola lo stomaco, ho fame. Ho voglia del mio letto. Di infilarmi sotto le coperte e non svegliarmi più. Perché domani mattina sarà la stessa storia di sempre. Almeno per me.

La mamma è china a cucire un grembiule.

«Oh, chi si vede» commenta, mentre varco la porta.

Ha uno sguardo severo, non so cosa aspettarmi.

«Hai finito di giocare allo sciopero?» mi chiede.

Ci si mette pure lei.

«N-non è stato un gioco» dico, «in ogni caso è finito, sì. Co… così siete tutti contenti».

Lei lascia andare il lavoro sul grembo.

Mi fissa.

«Perché non sei mai contenta, tu?».

Prendo un gran respiro.

Vorrei dirle che è anche colpa sua se non sono felice. Che tutte quelle volte in cui il papà mi incoraggiava a imparare a leggere e lei voleva che facessi altro non mi hanno aiutata. Così ci ho fatto anche una figuraccia e non ho saputo scrivere i desiderata. Che quella volta, la maledetta poesia, io la sapevo. Non ero una somara. L'avevo studiata. Potevo imparare a leggere anche con la balbuzie. Che non è il fatto di non avere un corteggiatore la fonte della mia infelicità, ma che lei ami molto di più i miei due fratelli maschi. Che non mi abbia mai accarezzata come fa la Carolina. Che per colpa sua non sono capace di dare un abbraccio. Un semplice abbraccio.

Mi accascio sulla sedia, mi allungo sul tavolo.

«Che stai facendo? Vuoi riposare al pomeriggio?».

«Ho m-mal di p-pancia» dico.

Lei mi guarda.

«Tirati giù le mutande» ordina.

«Eh?».

«Fallo e basta. Ti ho partorita io, ricordi?».

Mi sento una sciocca, ma faccio come dice.

Le mie mutande sono macchiate di rosso e dalle gambe colano rivoli di sangue.

«Era ora» fa lei. Si alza e sparisce in camera. Torna con delle pezze bianche.

«Te ne conservavo qualcuna già da qualche anno» dice, «ci hai messo più del previsto».

«È p-per quello che ho m-mal di pancia?» domando.

Sono sempre in ritardo su tutto, io. A capire le cose, a farmi venire le mestruazioni, a comprendere da che parte stare. Persino a urlare.

Aspetto che commenti che adesso sono una signorina, che posso e devo trovarmi un marito, che sono una donna e non più una bambina. Ma si è rimessa al lavoro come se non fosse successo nulla.

«Spicciati a metterle, non voglio che macchi la sedia» mi sprona.

Canticchia, non ne vuole parlare. Non so perché. Forse è

arrabbiata perché sono sparita per una notte intera. Eppure non sembrava preoccupata quando mi ha vista entrare.

Mi infilo in bagno e guardo la macchia di sangue sul tessuto bianco.

Il sangue che non arrivava all'Angelica, quando ci raggiunse disperata nell'androne di casa della Lisa.

«Cosa c'è di tanto urgente?» fece la Lisetta. Aveva rivisto l'Angelica, io mi ero accaparrata il ruolo di mediatrice e le avevo fatte incontrare. Le avevo rimproverate per essere state meschine con me e la Lisa aveva chiesto scusa.

«Mi sei mancata tanto, Nora» aveva detto, ma continuava a mantenere un tono da superiore, perché ormai lei lavorava per una contessina.

«Devo dirvi una cosa, ma non qui» mormorò l'Angelica. Aveva la treccia sfatta, i capelli biondi e bellissimi per la prima volta erano ispidi e senza luce. Le occhiaie nere sotto gli occhi. Si torceva le mani.

«Puoi parlare, non ci sente nessuno» sussurrò la Lisa, «al massimo la solita pettegola al primo piano».

«Ecco, appunto» rispose l'Angelica, prendendole una mano. Tremava. «Per favore, andiamo lì».

Indicò l'orto del palazzo, che aveva una piccola fontanella accanto alla quale giocavamo sempre, fingendo di essere pecorelle assetate. Ci spostammo accanto al rumore dell'acqua. Non avevo mai visto l'Angelica tanto in pena.

«Siete come sorelle per me» cominciò, «anzi, di più, perché le mie sorelle se sapessero mi darebbero così tante botte che non ne uscirei viva».

«A-addirittura?» esclamai, scettica. Non le conoscevo, ma mi pareva impossibile.

«Di' quello che devi e basta. Che poi c'ho da fare» la spronò la Lisa. Avevano sempre fatto a gara, quelle due, per chi avesse il segreto più importante da rivelare.

«Che c-cosa?» chiesi.

«Devo incontrare una persona» rispose la Lisa.

«L'Achille?» domandò l'Angelica. Aveva gli occhi disperati di chi non ha più niente da perdere.

«L'Achille, sì. Stiamo uscendo da un po'».

L'Angelica abbassò la testa.

«Ti devo chiedere di non vederlo più, Lisa. Non è un bravo ragazzo».

La Lisa si mise a ridere in maniera forzata.

«L'hai sentita, Nora?» disse. «Non è un bravo ragazzo! Guarda che sappiamo quello che hai fatto. Lui me l'ha raccontato, di come l'hai provocato con il tuo seno e le tue smorfie. In pratica ti ha sverginata per pietà!».

Ogni tanto era difficile riconoscere nella Lisa quell'amica di cui pensavo di potermi fidare, ma al tempo stesso lei dava voce ai miei pensieri e per questo la invidiavo. Anch'io credevo che l'Angelica avesse provocato l'Achille, non me lo toglievo dalla testa. Come non riuscivo a togliermi dalla mente l'immagine di lei dietro il bancone della drogheria. Però al tempo stesso mi dicevo che lui, se avesse voluto, avrebbe potuto rifiutarsi di fare qualsiasi cosa. Mi chiedevo come fosse possibile che non l'avesse respinta, che fosse bastato così poco per averlo. Era vero quello che dicevano le lavandaie, quando accompagnavo la mamma alla fontana e parlavano di uomini?

«Ogni buco è buono» scherzavano. E la mamma rideva con loro e asseriva che avevano ragione.

«Per questo, Nora» si raccomandava, «non devi aprire le gambe prima di avere l'anello al dito. Hai capito?».

Tutti quei discorsi mi mettevano sempre a disagio, ma mi avevano anche inculcato nella testa che ci fosse una sorta di potere nascosto, nel genere maschile, per cui noi donne dovevamo stare all'erta o saremmo finite abbandonate e rinnegate per via di uno sciocco errore di calcolo. Anche all'Angelica dovevano aver detto queste cose, eppure lei con l'Achille si era spinta molto oltre.

«Sei cattiva a dire così» ribatté l'Angelica. «Nora, aiutami».

Non proferii parola e il mio silenzio decretò la vittoria della Lisa.

«Dopo ciò che sto per dirti» mormorò allora l'Angelica, «cambierai idea su di lui».

La Lisa sbatté le palpebre, scettica, ma rimase in ascolto.

Il rumore della fontana me lo ricordo ancora, perché per qualche secondo ci fu solo l'acqua che cadeva e nessuna delle tre disse niente.

Poi l'Angelica tirò fuori un mugolio dalla bocca, sembrava il vagito di un vitellino appena nato. Ci sorprese, perché non sembrava il suo tono di voce. Era un pianto diverso da quello da ragazzina a cui eravamo abituate. Veniva dalle sue viscere, infatti si toccava lì, come se sentisse male.

«Stai bene?» chiese la Lisa.

«No, sono morta» rispose lei, «sono morta, amiche mie. La mia vita è finita».

La Lisa le diede uno schiaffetto sulla guancia. Lei pianse più forte.

«Se hai sentito male non sei morta» le disse.

L'Angelica boccheggiava, ci teneva le mani, sembrava cadere, se cercavamo di reggerla però si divincolava e girava la testa verso la fontana. Il muco le stava scendendo sulla bocca. Sentivo l'odore del Bottonuto sulla sua pelle.

«Sono incinta» mormorò alla fine, come in un rantolo.

«Di chi?» chiese la Lisa, senza scomporsi.

Le mie budella si contorsero. Il nodo allo stomaco che avevo già per la gelosia in quel momento mi sembrò niente, a confronto della voragine che mi risucchiava. Sapevamo benissimo di chi era il bambino che aspettava. L'Angelica vestita di bianco, all'altare con l'unico ragazzo che mi fosse mai piaciuto. Era un'immagine nitida nella mia testa, qualcosa che non potevo controllare. Ero distante da ciò che provava la mia amica, poteva piangere quanto voleva, io rimanevo a guardarla senza avvertire altro che dolore. Il mio. Provai la sensazione che fosse tutto finito. Non ebbi timore per lei, che aveva una creatura nel ventre. Riuscivo solo a pensare che aveva vinto e che il premio era l'Achille. Con un bambino in arrivo, non si sarebbe sottratto alle sue responsabilità.

La Lisa doveva sentire qualcosa di simile, non l'avevo mai vista così pallida.

«Di chi?» ripeté, ferma.

«Lo sai» rispose l'Angelica, che non si aspettava quella reazione. Mi guardò per trarre conforto dai miei occhi, ma io abbassai lo sguardo e credo si rese conto in quel momento del terribile errore che aveva fatto, venendo a parlarci del suo guaio.

Tutte eravamo innamorate dell'Achille. Non solo lei. Ma era lei ad aspettare un bambino da lui.

«Non posso tornare a casa, non so come dirglielo, sono spaventata a morte, anzi sono già morta» ripeté l'Angelica, ricominciando a singhiozzare senza ritegno.

La guardai senza provare altro che una profonda distanza. Mi aveva portato via la Lisa quando eravamo piccole e poi, non contenta, si era rubata l'amore della mia vita. Era una ragazza che piangeva sui suoi errori, come avrebbero detto le lavandaie. Non aveva saputo tener su le mutande e ora veniva qui a chiedere aiuto.

Credo che la rabbia abbia messo radici in me quel giorno, accanto a quella fontana, davanti alla mia non amica che piangeva per il fatto di essere incinta a tredici anni.

«Sei una sciocca» le disse la Lisa. Io lo pensavo e basta, ma lei come al solito ebbe il coraggio di dirlo ad alta voce.

Ora le avrebbe tirato un altro schiaffo e poi ce ne saremmo andate, mano nella mano, ferite nell'orgoglio. Ci saremmo lasciate quella storia alle spalle per sempre. Lei avrebbe smesso di frequentare l'Achille e avremmo trovato due bravi uomini, che ci avrebbero fatto vivere la vita da signore. Magari due fratelli.

Non andò così.

«Sei una sciocca» ripeté la Lisa, «ma sei sempre la mia migliore amica e io ti aiuterò, hai capito?».

L'abbracciò, lasciando che il muco che colava dalle narici di Angelica le sporcasse il vestito.

Rimasi impalata, non dissi nulla, non mi unii all'abbraccio. Guardai le mie due amiche strette in qualcosa che non era più un trio, ma un passo a due, dal quale io ero esclusa. Non feci caso, in quel momento, all'espressione sulla faccia della Lisa. Ci pensai a cose fatte, mesi dopo, e mi resi conto che tutto quello che era accaduto in seguito era stato la conseguenza di quella sera tiepida, accanto alla fontana.

Quella sera in cui la Lisa decise come dovevano andare le cose.

«Davvero?» rispose l'Angelica, incredula.

«Ti starò accanto e risolverò tutto» promise la mia ex amica.

L'Angelica si lasciò accarezzare i capelli e chiuse gli occhi.

Io mi guardai attorno, senza sapere se mettere le mani dietro la schiena, se tenderle anch'io verso di lei, o se lasciarle penzolare sui fianchi.

Non sono mai stata capace di vivere in questo mondo senza provarne imbarazzo.

8.

28 giugno 1902
Per le strade di Milano

Due giorni dopo che l'Angelica ci confidò di aspettare un bambino dall'Achille, il nostro trio riprese a trovarsi, regolarmente, tutte le sere, nell'androne di casa della Lisa. Il mio stomaco era chiuso: mangiavo meno del solito, da quando avevamo avuto quella notizia.

Non era cambiato niente rispetto a quando eravamo più piccole: sussurravamo, mentre ci confidavamo i nostri segreti.

Eppure era cambiato tutto: se qualcuno avesse teso l'orecchio, avremmo dovuto inseguirlo per tutta la città, intimandogli di tacere.

La Lisa aveva accudito l'Angelica e le aveva promesso che avrebbe parlato con l'Achille, con cui stava uscendo.

«Potresti smettere di frequentarlo dopo quello che mi ha fatto?» aveva chiesto l'Angelica, con una voce così debole che spesso mi sono domandata se io non abbia immaginato quella conversazione.

«Non capisci, ora ce l'ho in pugno, possiamo fargliela pagare» aveva risposto la Lisa. Non so se lo credesse davvero. Forse è inutile chiederselo adesso. Io avevo bisogno di sapere cosa succedeva all'Angelica, volevo sentir parlare dell'Achille e delle sue decisioni. Per questo ero lì. L'Angelica non aveva altri a cui confidare quel disastro che le era capitato e sperava davvero che la Lisa riparasse tutto. La Lisa, come al solito, era imperscrutabile. Eppure una parte di me credeva ancora che ci volesse benc come a due sorelle e che stesse architettando tutto solo per sistemare l'intera faccenda. Per farla pagare all'uomo che ci stava facendo soffrire.

Una sera, tornando dalle commissioni, lo vidi e, nonostante cercassi di evitarlo, lui mi bloccò per la strada.

«Ehi» disse, «non ti ho più vista da… da quella volta in drogheria».

Quando mi era lontano, quando da sola nel letto pensavo a tutto quello che aveva combinato con le mie due amiche, corteggiandone una e mettendo incinta l'altra, sentivo di volerlo schiaffeggiare. Nel ritrovarmelo davanti tutti quei buoni propositi sparivano. Avevo le gambe molli, non sentivo più il peso del telegramma e vedevo solo il suo ciuffo ribelle, gli occhi castani che mi sorridevano, sentivo quel maledetto profumo.

«Ta… tanto lavoro, n-non vedi?» esclamai.

«Sei arrabbiata con me?» chiese, «perché se è così devo saperlo. Nora, io…».

«T-tu sei uno sciocco se p-pensi che… che tutto il mondo giri i-intorno a te» mi sforzai di rispondere. Non era quello che avrei voluto dire. Se fossi stata un po' più coraggiosa e se le parole avessero seguito i miei pensieri, avrei ammesso tutto.

Sì, Achille, sono arrabbiata con te perché abbiamo passato mesi, anzi anni a guardarci ed è bastata una sera per dimenticarti della Nora. Sono furiosa perché se fosse stato per me adesso non saresti in questo guaio, con un figlio che non puoi permetterti e una ragazza di cui forse sei innamorato, che è anche la mia migliore amica e che non potrai mai sposare. Sono arrabbiata perché mi hai guardata, ma non mi hai vista mai.

Invece rimasi zitta e camminai a testa bassa, senza voltarmi. A ogni passo che facevo, sapevo che mi stavo allontanando da lui. Poteva essere l'ultima occasione per sondare se quei sentimenti che avevo intravisto fossero veri o frutto della mia fantasia.

«Richiamami» mormorai a bassa voce, «dimmi di tornare indietro. Non voglio dirti addio, non voglio».

Le parole uscivano in fila, belle ordinate, se davanti avevo solo la strada. Bastava girarsi.

Ci sperai fino a che non svoltai l'angolo. Non mi richiamò.

Scoppiai a piangere, appoggiata a un albero, un pianto disperato, da tenersi la pancia per il dolore.

Pensai che la terra si sarebbe aperta e mi avrebbe inghiottita, che sarei morta o che mi sarei trasformata in un albero, affondando le radici nella terra. Desiderai non averlo mai incontrato, non averci mai parlato, sfregai le dita contro il tronco e mi rimase in mano un pezzo di corteccia. Lo strinsi tra le dita tanto da urlare, ricominciai a singhiozzare, sperai fosse l'ultima volta che provavo quell'assurda sensazione per un ragazzo.

«Dio, se ci sei fulminami ora» lo pregai. Ma non accadde nulla.

Quella sera la Lisa ci disse che aveva trovato una mammana per l'Angelica.

«Grazie» riuscì solo a dire l'Angelica, mentre per la nausea sputava in un vaso di fiori.

L'aiutai a tenersi i capelli per non sporcarsi.

«Mi ringrazierai quando sarà tutto finito» commentò la Lisa, arricciando il naso nel guardare la scena, «sto facendo solo quello che fareste anche voi per me».

Io non dissi nulla, ero ancora chiusa nella sorda disperazione di chi non vuole credere che sia tutto finito. Il mondo era tornato in bianco e nero. Ma avevo già intuito quello che lei voleva fare dalla mammana e iniziai a guardare la mia amica con occhi nuovi.

La maestra Ester mi fa sedere sul grande tavolo della sua cucina. Lì ho mangiato di corsa diverse volte, prima di cominciare a lavorare.

Una volta, mentre ingollavo pane raffermo e un bicchiere di vino, che la maestra diceva facesse sangue, venne di corsa Franco a chiamarmi.

«Scema, vieni via» mi disse.

Ero appena arrivata, non capivo che fretta avesse di trascinarmi a casa. Non era mai successo, che Franco arrivasse a prendermi dalla maestra. Mi rese nervosa.

«E m-mollami, non devi andare a lavoro? Che è s-successo?».

La Ester lo guardò e capì. Si fece il segno della croce. Io bevvi in fretta il vino, mi pulii la bocca con la manica del vestito e solo quando alzai gli occhi su di lui mi convinsi che era successo davvero qualcosa di grave.

«Si tratta del papà» mormorò.

Avevo sentito dire da mio padre, la sera prima, che Bava Beccaris non avrebbe avuto la meglio, che lui era quello delle cinque giornate, che dovevano dare ascolto alle loro rimostranze. Il prezzo del pane era alle stelle, noi tutti morivamo di fame. Ma lui morì nel combattimento, morì perché sapeva tenere alta la testa, morì perché non sopportava che i suoi figli avessero fame.

«Nora, vieni a casa» disse Franco. Teneva il cappello in mano. La maestra Ester lo abbracciò e corse alla finestra per guardare la folla che si dileguava sotto i potenti colpi di cannone.

Non ebbi paura. Seguii Franco giù per le scale e per tutto il tragitto non gli chiesi cosa fosse successo. Quando vidi che anche Roberto e la mamma piangevano volli sapere.

«Cosa… co… cosa è successo?» domandai.

«Sciocca che non sei altro» rispose la mamma, «secondo te? Non lo rivedremo più. Non c'è più».

«Sono contenta che tu sia tornata, Nora».

La mattina è fresca, ma presto comincerà a fare di nuovo caldo. Stringo i pugni sotto il tavolo. Sento il sangue che mi cola sul panno che ho avuto cura di sistemare in mezzo alle gambe.

«Sembri cresciuta, anche se sono passati solo pochi giorni» mi dice. Guardo il suo viso, sulle cui rughe si sono asciugate molte lacrime.

Le voglio bene, ma devo andarmene.

«Ti voglio proporre una cosa» mormora, «ci ho pensato

molto in questi giorni di sciopero. Non è stato carino da parte tua non dirmi nulla, ma la tua mamma mi ha convinta a riprenderti. Solo che non puoi più fare la piscinina. Devi iniziare a mantenerti, almeno fino a che non troverai qualcuno disposto a sposarti».

Qualcuno che sia disposto. Cerco uno specchio dove riflettere il mio viso, ma non lo trovo. Sento che vorrei urlarle in faccia.

«Insomma, sai che ti ho sempre promesso di farti imparare il mestiere. Ho parlato in ditta e sarebbero disposti ad assumerti come cravattaia. Farai la spola tra loro e me, all'inizio consegne, poi vedremo. Ti va?».

La spola. La piscinina, in pratica. Solo che non sono abbastanza piccola per essere ancora chiamata così.

«Mi… mi insegnerai a fare le cravatte?» chiedo.

«Certo, appena ci sarà un numero sufficiente di ordini da consentirlo. Per ora ho bisogno che tu metta un grembiule e vada a pulire la mia stanza. Da quando sei andata via non ho fatto in tempo, sai. Ci sono un sacco di lavori che vanno terminati entro breve, qui in casa. Poi ti farò visitare la ditta e ti presenterò».

La guardo. Dopo che le avrò pulito la stanza vorrà il caffè. Dopo il caffè chiederà che le consegne, con la stoffa da far scegliere alle clienti, vengano fatte prima di sera. Mi metterò ancora in spalla il telegramma e sarò di nuovo in giro per le vie di Milano, sotto il sole. Passerò accanto alla magnolia e mi fermerò esausta sotto la sua ombra.

Niente cambierà. Almeno per me.

«D'accordo» dico.

Non so che altro fare. Potrei provare a sentire la Gianna o recarmi alla scuola d'arte che l'Istituzione femminile ha creato e parlare con la fondatrice o con Carolina. Mi pare tutto così surreale: ieri stavamo in piazza Duomo, davanti ai fotografi, e oggi sono di nuovo qui. So che anche le altre piscinine sono tornate al lavoro. Certo, lo scopo di uno sciopero è quello di migliorare le nostre condizioni, non di rimanere in panciolle. Però non è cambiato davvero nulla, sono ancora la solita Nora che viene sfruttata dalla solita maestra e temo che andrà così per la maggior parte di noi. La Gianna dice che dobbiamo continuare a combattere. Tuttavia se siamo divise, ciascuna nella casa della propria aguzzina, come si fa?

Non ho intenzione di trovare un marito a tutti i costi solo per migliorare la mia condizione sociale. Ma devo andare via di casa. Lo sciopero mi ha mostrato che ci sono delle possibilità anche per chi, come me, non è nato con la camicia. L'ho capito grazie alla Gianna, ma soprattutto vedendo Carolina Annoni. Una donna che mette in riga gli uomini, sa leggere e scrivere, parla e dibatte con loro. Non aspiro certo a tanto, ma adesso so che essere la schiava di una sarta o sposarmi con un uomo facoltoso non sono le mie uniche alternative.

«Sai dove trovare tutto» taglia corto Ester, «per fortuna sei tornata, il garzoncello che aveva portato mio marito era un incapace».

Mi alzo e vado verso lo sgabuzzino. Prendo la scopa, il catino, lo straccio.

La camera di Ester ha sempre un odore rancido, di vomito. Suo marito beve, mi è toccato diverse volte di svuotare il loro pitale trattenendo a stento la colazione. Ester ha già avuto cura di farlo, stamattina, mentre le lenzuola sono in disordine e i cuscini vanno sbattuti. La piccola finestra che dà sui tetti di Milano è già aperta, prendo i cuscini e li metto all'aria. Inspiro. Trattengo per un attimo l'aria nei polmoni e penso alla Lisa, che sta per sposarsi con l'Achille, dopo tutto quello che è successo.

Non sono rimasta amica nemmeno dell'Angelica, che non ha più voluto parlarmi. L'unico che è ancora mio amico è l'ex amante della mamma, l'Emilio. Mi ha raccontato che il suo collega Giovanni lo ha portato in montagna. Dice che è tutta un'altra cosa. Che l'aria è diversa. Chiudo gli occhi e immagino di essere dentro quell'abbozzo di quadro che mi ha mostrato, anche se non era ancora pronto.

Bianco.

Sento il freddo della neve che mi sfiora la pelle.

«Un giorno verrai con me, in montagna. A respirare aria buona» mi ha detto l'Emilio, «e allora non vorrai più tornare a Milano a fare la piscinina, credimi».

Non mi ha mai mostrato i dipinti che fa alla gente come noi, quando trova un viso che lo ispira. So che ce n'è uno che ritrae la mamma, ma io non l'ho mai visto. Dice che non sono ancora pronta per vederli.

Tutto quello che so è che adesso vorrei essere dentro il quadro dell'Emilio, sdraiata sotto un pino, con il gelo nelle ossa. Sarei curiosa di sapere che odore si sente in montagna. Forse somiglia al profumo dello zenzero fresco. L'aria ti punge il naso.

Una mano preme sulla mia bocca, l'altra mi cinge la vita. Qualcosa di duro si appoggia sulla mia schiena.

«Ma che…».

«Sta' zitta» mormora il marito della Ester, spingendo più forte sulle mie labbra, «sta zitta o giuro che ti ammazzo. Tanto non mancheresti a nessuno».

Provo a respirare dal naso, cerco di dimenarmi, mi manca l'aria.

Da quella posizione scorgo i tetti di Milano, un gatto che si lecca la schiena, una zampa alzata, il muso proteso fino al punto meno raggiungibile del suo corpo. La finestra di fronte è aperta, ma dà su una soffitta. Anche se urlassi non mi sentirebbero.

Ester è uscita, ne sono certa. Non permetterebbe a suo marito di venire qui e farmi questo.

Le sue mani sono forti, mi devo calmare o mi soffocherà.

«Così va meglio» mormora lui al mio orecchio sinistro. Percepisco l'aroma di gin, lo stesso che mi ha offerto la prostituta.

Lo riconosco. Era appena pochi giorni fa. Quando stavo con lei sul ciglio di una strada, sporca e stanca. Però libera.

Allenta la presa sulla mia bocca, provo a mordergli un dito.

«Oh, l'ho sempre saputo che sei una puttanella!» esclama.

Non gli ho fatto male. È stato come pungere un elefante con uno spillo.

Ho solo una speranza. Le lacrime mi rigano le guance mentre lei alza il vestito e mi abbassa le mutande. Vede il panno sporco.

Dio, fa' che gli faccia schifo.

Si mette a ridere.

«Sei diventata una donna» esulta.

«T-ti prego» bisbiglio, «ti prego no… no… non farlo».

Cerco i suoi occhi, ma mi obbliga a rimanere voltata, la pancia sul cuscino che avevo messo a prendere aria.

«Sei alta al punto giusto» dice.

Si abbassa i pantaloni.

«Tutto questo sangue mi fa impazzire» mormora.

Non sa che sono vergine. O lo immagina e non gli importa. Il gatto ci guarda. Non sarò più vergine e non per via dell'Achille.

Stringo le gambe mentre cerca di entrare.

«Non renderlo più difficile» ride.

Niente, non riesco a bloccarlo. Quando l'Aurelia, durante lo sciopero, ci ha confidato di essere stata violata dal padrone di casa, io non ho detto nulla, perché a me non era successo proprio così.

Dovevo essere più accorta.

Ho avuto l'opportunità di scappare e non l'ho fatto.

Me lo merito.

No che non me lo merito.

Faccio fatica a pensare. Le parole nella mia testa incespicano, riesco a dire solo no, ti prego no. No. Ti prego non farlo. Per favore. No.

Forse non lo sto neanche dicendo. Sono troppo concentrata a non svenire.

Non mi ribello. Ho visto che non serve. Si muove su e giù mentre provo una fitta al ventre, come se qualcosa si stesse spaccando. Il flusso del sangue accelera. Vedo tre gatti adesso sul tetto. Due finestre aperte verso la soffitta. Il cielo terso diventa bianco latte. Come la neve.

Quando finisce, ride, mi preme la testa sul cuscino.

«Finalmente sei una donna» mormora.

Mi spinge sul letto e se ne va, senza voltarsi.

Il pavimento è macchiato di sangue. Cerco la pezza che ha lanciato accanto al comodino. Me la rimetto in mezzo alle gambe, mi riabbasso il vestito.

Posso ancora fare finta di niente. Posso rassettare, sistemare il letto, passare lo straccio e poi scappare.

Non passa giorno che io non senta questo dolore. La pancia mi fa così male che la vista si annebbia.

Mi piego in due.

Non ci riesco. Non sono forte come l'Aurelia, che ha continuato così per anni. Preferisco sdraiarmi su una strada piena di sterco di cavallo e aspettare che un carro mi passi sopra.

Mi alzo a fatica, barcollo fuori dalla stanza.

La maestra Ester sta rientrando con una borsa piena di stoffe colorate.

«Che hai fatto?» chiede.

Mi appoggio alla parete e cerco la porta.

«Che hai fatto!» ripete. Poggia la borsa.

«T-tuo… marito…» mormoro. Mi gira la testa.

«Mio marito non torna che stasera» afferma lei, gli occhi puntati nei miei come quando l'ho vista in piazza Duomo, «quindi trova un'altra scusa, disgraziata».

Mi prende per un braccio.

«Esci da casa mia, svergognata che non sei altro. Chi ti ha insegnato a dire queste bugie, eh? La tua amica lesbica? Le voci corrono, non lo sapevi? Quella Gianna e le sue sciocchezze».

Non protesto. Lascio che sbraiti. Mi conduce fuori, dove il sole ormai è forte, sto tremando, mi fischiano le orecchie.

«E non farti più vedere».

Esagera con la voce, così che tutti possano sentire.

Dal carretto di frutta e verdura il signor Federico mi vede e aggrotta la fronte. Due signore che passeggiano iniziano a bisbigliare.

Sì, sono la stessa che fino a ieri è finita sui giornali accanto alla Giannina per lo sciopero delle piscinine. Nessuno scriverà un articolo sulla violenza che ho appena subìto.

Ora sono a terra, sento il sangue tra le cosce, non so se è quello della mia verginità che se n'è andata o quello del flusso. Ho voglia di fondermi con questa strada di Milano, di lasciare che la gente passi sopra il mio corpo senza vedermi, perché sono diventata parte di una città. I suoni sembrano lontani. Il rumore degli zoccoli dei cavalli, un bimbo che strilla, lo scroscio di un secchio che viene rovesciato. I passi svelti di una donna con i tacchi. La risata di un vecchio, il cinguettio dei passeri, il cigolio di una persiana che si apre. Chiudo gli occhi. Si sta bene nel ronzio della testa.

«La mammana si chiama Ernesta, fa questo lavoro da vent'anni» disse allegra la Lisa. Si scostò i capelli dalla fronte, prese le mani dell'Angelica. «Hai visto che si risolve tutto?».

L'Angelica si ripulì la bocca, perché aveva appena smesso di vomitare.

«Ma come la pagherò?» domandò infine.

«Anche a questo penserò io. Non ti preoccupare».

Lei tirò un sospiro di sollievo.

«Davvero, Lisa, sei la migliore» commentò.

«E d-dove sta?» chiesi.

«Questo è il bello. Nel quartiere dell'Angelica, al Bottonuto».

«Co… cosa ci trovi di bello?» incalzai. L'Angelica, pallida, seguiva il nostro discorso con gli occhi spalancati.

«Sarà più vicina quando dovrà tornare a casa» mi spiegò la

Lisa, «certo che non ci arrivi proprio a capire le cose pratiche, testona».

«Non posso tornare a casa» strillò l'Angelica in preda al panico, «non posso, una volta nato il bambino devo nascondermi. Pensavo lo sapeste!».

La Lisa le accarezzò una guancia.

«Tesoro, prima andiamo da questa Ernesta e sentiamo cosa dice, va bene? Non ti devi agitare. Pensiamo a tutto noi».

«N-noi?» incalzai. Volevo tirarmene fuori, far capire all'Angelica che io non c'entravo con quella storia.

«Se vuoi puoi anche non venire» fece la Lisa, «abbiamo l'appuntamento domani mattina».

«E come faccio con il lavoro?» protestò l'Angelica.

«Datti malata» le suggerì la Lisa, che aveva una risposta pronta per tutto. «Nora, che fai? Ci vieni?».

«Sì, ma c-cosa dice la mammana?».

Lisa mi fulminò con lo sguardo.

«Domani lo vedremo».

L'Angelica sembrava più calma.

«Quindi mi può già visitare? Ma sono all'inizio, non si vede neanche la pancia».

«È una persona in gamba, sa quando intervenire».

«Intervenire p-per cosa?» incalzai.

«Nora, ma quante domande! Sembra che tu non voglia aiutare la tua amica!» sbottò la Lisa.

«Dite che dovrei dirlo all'Achille?» domandò l'Angelica. Si portò una mano al ventre, che era ancora piatto.

«No» fece la Lisa, «con l'Achille me la vedo io. Tu non ti devi preoccupare di nulla. Presto la tua vita sarà come prima».

L'Angelica mi guardò, come per cercare la mia approvazione. Avevo sentito parlare di queste mammane, che aiutavano i bambini a nascere. Ci andava la gente che non poteva permettersi di pagare un vero medico. Erano preparate, sì, ma ricordavo anche che spesso le donne incinte si recavano da loro quando la gravidanza non era voluta. Accadeva di frequente. Alcune mammane si rifiutavano di aiutare, si facevano il segno della croce e cacciavano la donna gravida come fosse stata mandata dal demonio. Altre, invece, si prodigavano per far sì che la disgraziata con una gravidanza indesiderata si togliesse il fardello dal ventre senza che la famiglia ne venisse a conoscenza. L'Aurelia mi aveva raccontato che la piscinina prima di lei era andata da una di queste donne per disfarsi del bambino e questa le aveva fatto bere un infuso con del prezzemolo. Mi ero stupita che un'erba come il prezzemolo avesse quel potere, ma l'Aurelia mi aveva assicurato che era usato in quantità massicce. Quella povera disgraziata era morta avvelenata. Mi morsi la lingua, qualcosa mi diceva che era meglio che non ne parlassi con l'Angelica. Era già abbastanza terrorizzata così, con le occhiaie, due borse nere sotto gli occhi, i continui conati di vomito e i capelli raccolti stretti, senza l'ombra di un boccolo a incorniciarle il viso.

«I miei mi riempirebbero di botte se venissero a sapere» continuava a ripetere.

Temeva per la sua vita, forse la Lisa stava facendo la cosa migliore. Ma l'ingenuità della mia amica mi spaventava. Se non aveva capito che la mammana l'avrebbe aiutata ad abortire, perché non glielo potevamo spiegare?

Non ero sicura di cosa avesse in mente la Lisa, ma poteva esserci solo una soluzione se si andava dalla mammana a quel punto della gravidanza. E non era quella che l'Angelica si aspettava.

«Ti dico che è la Nora» bisbiglia qualcuno.

«Guarda avanti e stai zitto» intima qualcun altro.

Sono le voci della mia infanzia. Così familiari che, anche con le palpebre pesanti, riesco ad aprire gli occhi e me li vedo davanti. Stanno già procedendo oltre.

La Lisa e l'Achille. Lei è appoggiata al suo braccio, impettita, la treccia alta e un cappellino minuscolo, come va di moda. Lui non ha più i calzoni corti come da ragazzino, ma lo riconoscerei tra mille.

Mi oltrepassano lasciandomi a terra. La Lisa si volta e fa un sorriso, stringe l'Achille sottobraccio. Lui mi ha riconosciuta, forse voleva aiutarmi. Ma lei non ha voluto. Di sicuro non gli ha detto che ci siamo viste pochi giorni fa.

Non mi importa: la Nora che si preoccupa per quello che pensano gli altri è morta.

Mi trascino verso gli scalini di una palazzina e metto le mani sul primo gradino. Ce la posso fare. Basta che mi concentri sulle gambe e riuscirò a mettermi in piedi. Quando provo a sedermi la testa gira, ma mi costringo a pensare che il tragitto verso casa sia davvero breve. Non ci vorrà molto, sono solo due isolati.

«Nora» dice l'Emilio. Tiene un disegno sottobraccio, ma appena mi scorge si affretta a metterlo al sicuro sotto la camicia.

«Nora, tutto bene?».

«N-no» rispondo. Mi lascio cadere tra le sue braccia.

«Ti porto a casa» sussurra lui, «sei troppo pallida».

Mi carica su una spalla e sento le mie braccia dondolare, mentre osservo i suoi talloni e i pantaloni lunghi di lino. Si muove in fretta, ogni tanto chiede come sto, ma io non riesco a rispondere.

Fa i gradini di casa uno alla volta, rallenta, esita.

«Riesci a stare in piedi?» chiede.

Faccio segno di sì con la testa: so che non vuole vedere mia madre, ma appena prova a lasciarmi andare gli ripiombo addosso. Non ho forze. Sono svuotata.

Bussa più volte, deciso, si tocca la barba, mi tiene su con l'altro braccio. È forte, potrebbe fare qualsiasi lavoro. Dietro l'orecchio sinistro ha una matita. Da piccola mi divertivo a rubargliele.

«Emilio?» mormora la mamma, confusa, quando se lo ritrova davanti.

«L'ho incontrata poco distante da qui. Sembra confusa e secondo me ha la febbre. Non saprei. Guarda com'è pallida».

«Venite dentro» dice Lucrezia.

Mi mette una mano sulla fronte.

«Forse è meglio chiamare un medico» suggerisce l'Emilio.

La mamma annuisce, corre a bagnare un panno. Con gli occhi socchiusi vedo l'Emilio che si gratta la testa e la osserva. Ha ancora quello sguardo tenero di quando erano più giovani e si frequentavano.

«Mamma» mormoro, «ma… mamma, non torno p-più dalla maestra Ester».

L'Emilio mi accarezza la testa.

«No che non ci torni. Adesso stai tranquilla».

Mette una mano sotto la camicia e tira fuori il disegno.

«È solo un disegno» mormora, «ma lo feci qui a casa tua, anni fa. Magari ti terrà compagnia».

La mia vista è annebbiata, ma sono sempre curiosa di vedere i quadri dell'Emilio, soprattutto quando non li ha ancora terminati.

Lo afferro con entrambe le mani e lo porto al petto.

«Tu stai bene?» chiede a mia madre. È sempre stato molto premuroso con lei e so che l'ha dipinta in una scena in cui rappresentava Maria Maddalena ai piedi della croce. Non ho mai visto quel quadro, però.

A quanto pare non è il solo ritratto che l'Emilio le ha fatto. E quel giorno in cui sentii litigare la mamma e il papà non fu l'unica volta. Successe anche quando non ero ancora nata. Lo so perché ogni volta che c'era una discussione, il papà ricordava a sua moglie quell'episodio. Sembrava che per lui l'offesa più grossa dell'Emilio fosse aver ritratto la mamma mentre stava davanti alla bara della piccola Elisabetta.

«Ti dico che non è entrato in questa casa!» ribatteva la mamma, «almeno non quando è morta Elisabetta».

«E allora come faceva a sapere quali fiori c'erano accanto alla bara? Al funerale non si è visto» replicava mio padre. Dopo anni, il pensiero di quel quadro lo lasciava ancora senza fiato per la rabbia.

«Se lo sarà immaginato, è un artista, no?».

«Certo, è proprio un artista a rubarmi la moglie da sotto il naso! Quante volte ci sei andata a letto, eh?».

Mi tappavo sempre le orecchie e cercavo di immaginarmi il dipinto, che a quanto pare l'Emilio aveva donato alla mamma dopo il funerale di mia sorella e che il papà gli aveva fatto recapitare indietro il giorno successivo. Le loro voci raggiungevano le mie orecchie anche se premevo forte.

«Smettila, non è mai successo niente tra di noi» lo rassicurava la mamma. Lui batteva il pugno sul tavolo. Si accendeva un sigaro. L'ho visto spesso arrabbiato con i miei fratelli, violento per le lotte da affrontare, sicuro di sé quando era con i suoi amici. Perdeva tutta quella sicurezza solo con la sua Lucrezia.

Mi sono sempre chiesta perché l'Emilio avesse raffigurato la mamma in quel momento terribile, ma non ho mai osato chiedergli di mostrarmi il quadro. Non so se esista ancora, in effetti, perché il papà potrebbe averlo distrutto invece di restituirlo all'autore.

Spio i loro gesti, convinta che l'amore che li lega sia qualcosa di introvabile. Mi spiace per il papà, ma lei aveva quello sguardo solo quando vedeva l'Emilio. Ce l'ha ancora adesso.

«Sono preoccupata per Nora» bisbiglia la mamma.

Si prendono le mani, Emilio china la testa. I loro volti sono vicini. Lui le dà un bacio sulla fronte.

La mamma viene verso di me.

«Avverto il dottore, tanto sono di strada» ci dice l'Emilio.

Mi strizza l'occhio ed esce. L'ultimo sguardo, prima di chiudere la porta, è per la mamma.

«Devi riposare» dice lei. Mi sistema il panno sulla fronte.

A quel punto mi ricordo di avere ancora in mano il disegno dell'Emilio.

Lo apro, anche se le palpebre vorrebbero chiudersi.

Per un istante rimango a bocca aperta, tanto che la mamma si avvicina e guarda l'immagine.

«Molto carina» esclama, «e quello è il tuo letto. Ora che sei diventata grande non ci stai più dentro, guarda come era nuovo qui!».

Il dipinto ritrae una bambina su un letto colorato in legno massiccio. Ammicca all'artista, le braccia incrociate dietro la testa, le gambe accavallate come un'attrice, un sorriso appena accennato. Indossa un abito bianco, che riconosco subito.

Ricordo il giorno in cui mi domandò di stare ferma e si mise a dipingere. Rimasi in posa per lui, poi arrivò il papà e lo cacciò via. Ma io non ero in quella posizione. Ero in piedi, con il telegramma accanto. Sul retro del disegno c'è scritto: *Piccola modella a riposo. 1891.*

L'Emilio doveva essere venuto altre volte mentre io non c'ero. Quella bambina ammiccante dai capelli biondi e dalle labbra rosse, che emana energia dal dipinto, non sono io.

Avrei voglia di stracciare il foglio, ma l'Emilio non me lo perdonerebbe mai. Lui conosce solo brandelli della mia storia, quando mi confidavo lo facevo sempre senza nominare le persone. Non l'ha fatto per mancarmi di rispetto.

Quella ragazzina che mi sono portata al petto senza volerlo è bellissima. Lo è sempre stata. Ha sempre preso tutto ciò che era mio. Perfino il mio giaciglio per riposare.

Sento che mi mancano le forze, ma scaravento il dipinto lontano, accanto al fuoco. La mamma urla.

«Poteva bruciarsi» mi rimprovera.

Lo poggia sul tavolo.

«Com'era bella la Lisa da bambina» mormora.

Chiudo gli occhi e sento scendere una lacrima. L'Emilio non mi ha mai fatto un ritratto. Non sono riuscita neanche a finire in un suo quadro. Invece ci è finita lei.

Mi ha portato via anche quello.

9.

29 giugno 1902
Casa della Nora

Roberto è accanto al mio letto. Seduto sullo sgabello, fuma e legge il giornale.
In quella posizione somiglia a nostro padre.

Esso però ancora ci svela tutta la corruzione intima e profonda, fisica e morale che racchiude e alimenta la piccola industria a domicilio.
Queste bambine di dieci anni che vi parlano di *cocottes* intravedute nelle loro escursioni al domicilio delle clienti, che vi dicono di non voler fare le mezzane, vi mettono freddo.
Ed è vero, le loro domande sono piene di sottintesi, esse chiedono di lavorare, di guadagnare di più ma in loro v'è il desiderio di arrivare, di conquistare quella ricchezza, quella gioia che vedono, che sentono e che intuiscono entro le pareti più o meno equivoche dove debbono entrare con gli abiti di lusso del loro scatolone.
Qualcuna di queste piccole scioperanti diverrà forse una di quelle signore che hanno colpito la loro fantasia, ma molte altre diverranno lavoratrici oneste, combatteranno cento altre battaglie con la convinzione profonda di una verità appresa da bambine, molte diverranno madri; i loro figli certo non saranno crumiri.
Su, camminate bambine! [...][10]

Chiude il giornale. Ho sempre adorato sentirlo leggere, ma mi è parso che verso la fine la sua voce si sia incrinata. Mi guarda, gli occhi uguali a quelli del papà.

«Scusa Nora» bisbiglia, «abbiamo esagerato. Ma che diamine, anche tu, dovevi fare tutto questo chiasso?».

Mi tiro a sedere sul letto.

[10] *L'Avanti!*, giugno 1902.

«Bevi il brodo, che te l'ha lasciato la mamma. È andata a parlare con la Ester».

«Cosa?» urlo.

«Calma, calma. Sa bene che non ci vuoi più tornare. Vuole solo capirci qualcosa. In fondo erano amiche. Ti ha vista tornare sconvolta...».

«A-amiche» mormoro. «E tu perché non s-sei alla Bertarelli?» aggiungo.

Roberto serra le labbra.

«Oggi sciopero».

«Stai scherzando?» sorrido.

«Pare che abbiate davvero ispirato altra gente, signorina. E noi che ti prendevamo in giro».

«Nostro fratello voleva ammazzarmi» gli faccio presente.

È la prima volta che parliamo in quel modo, senza Franco a interromperci. Li ho sempre visti alleati, d'accordo su ogni cosa. Sono quasi in imbarazzo e anche lui, percepisco il disagio dal modo in cui sfoglia il giornale anche se non lo sta più leggendo.

«Adesso non montarti la testa però» dice, «che qui si parla di *cocottes*. Sai che non vorrei mai che tu facessi un lavoro poco serio».

Da quando si è assunto il ruolo di fratello maggiore?

«L-lo so» rispondo. Abbasso la testa.

«È un passo avanti» mi rassicura, «è un passo importante, quello che avete fatto. Lo dicono anche i giornali».

Non riesce a dirmi che sono stata brava, coraggiosa. Intraprendente. Sarebbe troppo. Ma sentirlo ammettere che sua sorella abbia fatto qualcosa di buono mi stupisce.

«Hai la febbre?» chiede.

Di certo non intuisce cosa sia successo.

«N-no» rispondo, «m-ma non riesco ad alzarmi».

Penso all'alito del marito della Ester sul mio collo. Al momento che ho vissuto. Al sangue.

Ricordo quando ho pianto per l'Achille. Allora pensavo non

ci fosse dolore più grande. Invece c'è. Esiste. Il male peggiore che si possa provare è quello che ti lascia senza parole, senza respiro, senza lacrime. Che ti fa vergognare di te stessa, senza ragione. Quello per cui arrivi a non provare più nessuna emozione.

Per un attimo mi balena in testa l'idea di confidarmi e raccontargli quello che mi è successo. La Lisa ha sempre detto che a modo loro i miei fratelli mi vogliono bene, sono solo stati educati in una certa maniera e tra noi non riusciamo a comprenderci.

Intuisco che sia meglio non dire nulla. Franco è più sanguigno, andrebbe a prendere il marito della Ester e lo scaraventerebbe giù per le scale. Lo picchierebbe. Non agirebbe comunque per me, ma sarebbe già una bella soddisfazione. Però se arrivasse la polizia sarebbe lui in torto. Cosa ne guadagneremmo?

Non ho idea di come reagirebbe Roberto. Di sicuro però avrebbe un'espressione ben diversa da quella che ha sul volto in questo momento. È tranquillo.

Potevo ribellarmi. Potevo fare qualcosa di più. Non riesco a togliermi questo pensiero dalla testa.

Ecco, forse alla fine tutto si ritorcerebbe contro di me un'altra volta e i miei fratelli direbbero che me la sono andata a cercare. Che sono la solita addormentata, che potevo scappare, chiedere aiuto, prenderlo a schiaffi. Che alla Lisa una cosa del genere non sarebbe mai successa. Che sto facendo preoccupare la mamma, povera disgraziata. Ne ha già passate tante.

Ora che lui è fiero di me per lo sciopero non voglio rovinare questo momento confidandogli una cosa per la quale potrebbe vergognarsi di me. Io stessa mi vergogno.

Roberto mi passa la scodella con il brodo.

«Non ho intenzione di imboccarti» scherza, «e ora scendo in piazza».

«D-davvero?».

«No» risponde, mettendosi il cappello, «ma devo andare a

incontrarmi con gli altri operai. Sopravviverai nell'attesa che arrivi la mamma?».

Vorrei chiedergli di restare.

Roberto, resta. Non ti ho mai chiesto nulla nella mia vita, ma adesso ho bisogno di te.

Suonerebbe male sulla mia bocca. Chiedere qualcosa a un fratello. Per le altre ragazze è normale. Le ho sentite spesso lamentarsi che i loro fratelli sono quasi appiccicosi, gelosi, però allo stesso tempo si sono vantate della loro disponibilità. Molte delle mie compagne sono rimaste senza un padre, ma hanno sempre sopperito a questa mancanza con uno dei fratelli maggiori. A me non è stato concesso questo privilegio e mi ritrovo a chiedermi perché. Forse devo incolpare me stessa. Se non gli chiedo di rimanere, come può sognarselo?

«V-vai pure» mormoro.

«Sicura?».

Mi stringo nelle spalle.

Sono sopravvissuta alla Commissione per il lavoro, a una notte al freddo con una prostituta, alla Gianna, a quello che mi ha fatto il marito della maestra Ester. Posso stare qualche ora a casa da sola.

Roberto esce dalla stanza. Il giornale è appoggiato sul letto. Lo prendo e vedo la foto della Gianna che alza il pugno, gli occhi penetranti fissi in camera. Lei non diventerà una ricca signora. Scorro le dita sulle lettere e credo di riconoscere una A e una R. Forse, con l'aiuto dell'Emilio, posso imparare anche io a leggere.

I miei pensieri sembrano più lenti. Per una volta andrebbero d'accordo con le parole che escono dalla mia bocca.

Ho fatto lo sciopero insieme alle altre piscinine. Poi sono stata violentata. *Vio. Len. Tata.*

«Violentata» dico a bassa voce a me stessa. Sembra quasi una punizione per aver voluto sfidare il vento a testa alta. Io, che non avevo mai osato.

Sciopero. Violenza. L'uno consecutivo all'altro. Qualcuno ha voluto dirmi: Nora, non si fa. Dovevi stare al tuo posto, zitta e buona come fai sempre. Hai voluto avere di più. Mi pare quasi di vedere le lavandaie commentare che no, la Nora ha sbagliato tutto, si è persa con quella Gianna, ha messo in ridicolo la famiglia e poi si è anche concessa al marito della sua maestra. Perché è questo che Ester sta dicendo in giro.

Bussano alla porta. Due colpi secchi, poi più niente. Ho i brividi. Temo possa essere lui, forse perché la mamma è andata a parlare con sua moglie. Rimango in silenzio.

Bussano ancora. Tre colpi, un po' più forti.

«C'è nessuno?».

Trattengo il respiro. La sua voce. L'ho sentita ieri e non mi si è ancora tolta dalla testa.

La voce dell'Achille.

Mi alzo con estrema fatica. Mi guardo allo specchio. I capelli scarmigliati, le occhiaie, il viso pallido. Pizzico le guance e sistemo la treccia. Non voglio si renda conto che sono sconvolta. Forse non servono a niente questi accorgimenti, ma tanto vale provare.

«Arrivo» rispondo.

Trascino i piedi verso l'ingresso. Non ho voglia di vederlo. Desidero solo essere lasciata in pace. Quante volte, quante, ho desiderato che si presentasse da me. Ma non oggi. Oggi vorrei solo lasciarmi morire.

«Buongiorno» esclama quando gli apro.

Non riesco a fermare i miei occhi sui suoi. Troppo luminosi. Ancora. Dopo tutti questi anni.

«Che ci fai qui?». La mia voce non incespica.

«Mi è parso di averti intravista ieri» bisbiglia, «riversa per terra. Eri tu?...».

«Ero i-io. Ora sto bene. Ho... ho avuto un ma-mancamento. Contento?».

Sono stata violentata, Achille. Aiutami. Portami via, proteggimi, chiudimi in un luogo sicuro. Ho paura.

Vorrei dirgli così, invece alzo il mento e quasi lo sfido. Non so perché sono così aggressiva. Mi pare possa vedere quello che è successo. Mi sento trasparente. Sporca. Tagliata in due.

«Mi fai entrare?».

Intuisco che non sia qui solo per avere mie notizie.

Si toglie il cappello. Sembra lo stesso che aveva quando era più piccolo, quello che gli stava grande e gli ricadeva sulla fronte. Non ha più quel bellissimo ciuffo, i capelli si sono diradati. Ma gli occhi sono i suoi. Le mani anche.

Segue il mio sguardo.

«Sì, sono affezionato a questo cappello vecchio. So che dovrei buttarlo, però… mi ricorda i bei tempi».

Quando facevi il gallo nel pollaio, vorrei rispondergli.

Le faccio cenno di entrare.

Esita.

«Sei sola?».

Mi volto e mi dirigo verso la cucina. Ho il giornale sottobraccio.

Purtroppo sono sola. Lo sono sempre stata, anche quando andavamo in giro con la Lisa e l'Angelica. Ero sola anche davanti alla finestra, a guardare i tetti di Milano, mentre il mio corpo veniva violato.

«S-sì, stavo leggendo».

Sto blaterando. Voglio che se ne vada. Che mi lasci in pace. È l'ultima persona che desidero mi veda in questo stato. Puzzo di quell'uomo. So di marcio. Sono un essere insulso e stropicciato che vaga per la cucina.

Fa per ribattere qualcosa, ma poi chiude la bocca.

«A-accomodati» dico. La voce è debole. Il mio corpo trema.

Prende una sedia. Mi osserva.

«P-posso farti un tè» continuo, sentendo il suo sguardo sulla mia tunica rovinata.

Devo ancora cambiarmi, Achille. Non sono riuscita a muovere un dito da quando sono tornata a casa, ma guardami. Ti sto offrendo da bere. Accorgiti di quanto sto soffrendo, almeno tu.

«No, ti ringrazio. Un sorso d'acqua».

Prendo la brocca e un bicchiere. Li poggio davanti a lui.

«Ecco».

Non sono più quella bambina, Achille, non vedi? Ho provato quello che si deve provare quando si perde la verginità nella maniera più sbagliata al mondo.

Vorrei solo che se ne andasse. Faccio fatica persino a guardarlo. Perché proprio adesso?

«Nora, non sono venuto qui solo per sapere come stai» comincia.

Beve un sorso d'acqua. Si inumidisce le labbra. Mi stringo alla sedia per non cadere.

«P-perché sei qui?» bisbiglio.

«Dura da spiegare, così sui due piedi. Sono un po' in imbarazzo».

Lui. In imbarazzo. Lo rivedo mentre mi caccia dalla drogheria, con l'Angelica dietro il bancone. Ma in questo momento non me ne importa niente. Sono solo una cartolina dal passato.

«P-provaci» lo esorto.

Sono io quella che si sente male. Ma alla fine tu e la Lisa vi meritate a vicenda, perché avete sempre anteposto voi stessi a tutti gli altri.

Guarda verso la porta.

«Tua madre e i tuoi fratelli stanno via molto? Sarebbe sconveniente se…».

Annuisco. Mi trascino di nuovo verso l'ingresso. Chiudo la porta a chiave.

Fa male. C'è una parte, tra la gola e il collo, che duole come la prima volta che il suo sguardo incontrò quello della Lisa.

Vorrei urlargli di andarsene, perché questa orribile sensazione, mista allo schifo per me stessa e per quello che mi è successo, mi fa venire voglia di vomitare.

«Nora...».

Si alza e mi prende per le spalle. Ho ancora il sangue rinsecchito tra le cosce, sento la saliva di quel bastardo rappresa sul mio collo. Basta questo suo gesto per smuovere stomaco e budella, sento che la bile risale verso la gola. Non si accorge di niente, l'Achille. Sto tremando e lui pensa di esserne la causa.

«Nora, io non sapevo» conclude. Mi stringe più forte le spalle, fa quasi male. Vorrei dargli un calcio, quello che non sono riuscita a dare prima a un'altra persona, che pian piano nella mia mente sta diventando l'Ombra. Non voglio ricordare la sua faccia. Ogni volta che mi torna in mente, immagino che diventi tutta nera. Un po' funziona. Almeno calma il respiro. L'Ombra si è presa tutto.

«N-non sapevi che cosa?» chiedo. Non mi importa di quello che sta dicendo, voglio solo che mi lasci stare. Che se ne vada. Cerco un modo gentile per dirglielo. Mi aggrappo alle frasi, ma l'Ombra mi costringe a ricordare cosa è successo. Vuole che rimanga con Lei.

«Solo ieri la Lisa, durante una crisi, me l'ha rivelato».

Mi scosto da lui. La Lisa. Sempre la Lisa. Una crisi di cosa? Nervi? Pianto?

Mi è appena crollato il mondo addosso. Non ho tempo per questo. L'Ombra rivela i suoi denti marci. Via, via. Vattene.

«Va... va... vattene» sussurro. La mia voce è diversa. Viene dalle viscere.

C'è un motivo per cui la Lisa e io non siamo più amiche. E non è la solita litigata tra bambine, o il fatto che lei si fosse presa il ragazzo che mi piaceva. Va oltre tutto questo. Non riuscivo più a guardarla negli occhi. Ci ho provato, anche lei ci ha provato. Ma non avevamo più niente da dirci e per me è ancora così. Mi è costato andare a bussare alla sua porta. Forse ogni tanto posso anche pensare che mi manchi, però era giusto non vedersi e non sentirsi, dopo quello che abbiamo combinato. Giusto per entrambe. C'era di più: sapevo che lei aveva paura che io parlassi all'Achille. Per questo ha rinunciato a vedermi.

Perché non ha avuto il coraggio di lasciarlo. Io ho rispettato il nostro patto anche in quel momento.

So cosa gli ha rivelato. Non capisco perché solo ora. Né cosa lui voglia da me adesso. Adesso che si sta per sposare. Adesso che i giochi sono fatti, che niente può essere modificato.

Adesso che il mio corpo è un fantoccio che implora pietà.

L'Angelica tremava, prima di entrare.

Percorremmo la viuzza di ciottoli dietro la Lisa tenendoci abbracciate, mentre lei faceva strada, sorridente.

«Andrà tutto bene, fifona» cercò di rincuorarla.

Sentivo i battiti del cuore della mia amica. I suoi capelli erano opachi, la magrezza risaltava tra le scapole e le guance scavate.

«Non mangio da due giorni e quando mangio vomito» ci aveva confidato.

Non credevo che la gravidanza potesse portare a questo.

La mammana ci aprì la porta dello scantinato. Si guardò intorno.

«Entrate» disse, «non vi ha seguite nessuno, vero?».

«No» rispose la Lisa.

Era una donna di una certa età, ma la immaginavo più anziana. Piccole rughe le solcavano il contorno degli occhi e delle labbra. Era avvolta in uno scialle di lana fatto a mano, dentro lo scantinato si gelava. C'era un enorme tavolo di ferro al centro della stanza, un catino con dell'acqua, una valigetta appoggiata a un comodino, piena di arnesi.

L'odore del Bottonuto, rancido e vischioso, era arrivato fin lì dentro. La Lisa si portò due dita al naso, poi fece scivolare qualche moneta nella mano della mammana. Sono sicura che non si aspettasse un posto del genere, perché deglutì e si guardò intorno, confusa.

«Grazie» disse la donna, «porta i miei saluti alla cara madre contessa».

«Sarà fatto» rispose lei.

Forse pensava che la contessina la affidasse a una ricca mammana, che accoglie le povere fanciulle con la pancia gonfia. La parola mammana e il termine ricca, però, facevano a pugni. Avrebbe dovuto saperlo. Quelle donne, anche se esperte, erano destinate alle partorienti dei vicoli, non alle contesse.

Non avevo mai visto la Lisa col viso tanto sconvolto.

L'Angelica mi prese il braccio.

«Che facciamo qui? Ora mi visita e mi dice perché non sto mangiando?».

La mammana la osservò.

«Povera creatura» disse, «sei una bambina».

All'Angelica vennero subito le lacrime agli occhi.

«Noi dobbiamo proprio uscire?» chiese la Lisa. La sua voce tremava.

«No!» gridò l'Angelica, «non possono restare?».

Aveva negli occhi il terrore cieco di chi inizia a capire.

«Sarebbe meglio che restassimo sole» rispose la mammana. Si sciacquò le mani nel catino.

«Stenditi lì». Indicò il tavolo. «Non ci vorrà molto, tesoro. Mi occupo tutti i giorni di cose come questa».

«Farà male?» domandò ancora la Lisa.

«Si fa quel che si può» rispose brusca la mammana, «certo bisognerebbe stare lontane dai porci».

La Lisa si zittì. Nei suoi occhi c'era tutta l'incertezza per averci trascinate in quel posto orribile.

«S-stiamo qua fu… fu… fuori, d'accordo?» dissi all'Angelica.

Lei annuì. Non aveva più il controllo del suo corpo, le gambe le tremavano su quel dannato lettino.

«Allora a dopo» si congedò la Lisa. Prese la mano dell'Angelica e lei gliela strinse.

«Devi andare anche tu?».

La mammana le divise con fermezza e ci accompagnò all'uscita del suo tugurio.

«Perderà molto sangue» ci avvisò, «avete dove nasconderla per qualche giorno?».

«Può stare nel solaio della Nora» rispose la Lisa.

Io aprii la bocca, ma la mammana aveva già chiuso la porta.

«N-nel mio solaio?» protestai, «ma s-sei impazzita?».

«Tanto ci vai sempre e solo tu. Dove altro potremmo nasconderla? Questa storia deve finire» replicò la Lisa. Si mise le mani nei capelli. «Perché devo pensare a tutto io? Non sono io che ho fatto la sciocca con quel cretino dell'Achille» sbottò.

Non l'avevo mai vista così in agitazione. Si torceva le mani, se ne portò addirittura una alla bocca, per mangiucchiarsi le unghie.

«S-secondo te l'ha c-capito?» domandai.

«Ero convinta che per lei fosse la cosa migliore. Ma non immaginavo tutto ciò. La contessa madre aveva detto che in questi casi le mammane sono la soluzione. E se l'avessimo portata al macello? Se avessi agito male? Nora, perché sono sempre così impulsiva?» replicò lei. Non aveva ascoltato la mia domanda. Stava seguendo un flusso di pensieri tutto suo.

«Lisa, la… la nostra amica è s-spaventata a morte. Confusa. S-sono giorni che non mangia. S-secondo me n-non ha capito».

«Ha importanza?» ringhiò la Lisa, gli occhi lucidi e il dito che sanguinava, talmente se l'era tormentato con la bocca.

Sentimmo un urlo. Era lei.

«Dio, cosa abbiamo fatto» mormorò.

«Torniamo d-dentro» suggerii. Forse eravamo ancora in tempo.

Provammo ad aprire la porta, ma era serrata. Bussammo entrambe dando tanti di quei pugni che sperai cedesse tutto.

«Niente, è troppo tardi» sospirò la Lisa.

Mi guardò come se avessi la soluzione a portata di mano. Ma era lei quella con le idee brillanti. Mi era sempre sembrata così sicura di sé e adesso vedevo soltanto una ragazzina ferita, che aveva cercato di sistemare a modo suo quello che solo l'Angelica avrebbe dovuto decidere.

«Ho pure rubato alla contessa madre, per aiutarla» mi confidò. Si fermò il sangue con il lembo del vestito.

«E no… non ti è venuto in m-mente di p-parlarne all'Angelica?» rilanciai.

Lei si voltò verso di me e piantò le sue pupille azzurre nelle mie.

«E a te, Nora? Che da quando ti conosco non hai mai detto come stanno le cose. A te è venuto in mente di parlargliene? Credi che la balbuzie ti dia il diritto di rimanere zitta in questi momenti? È anche amica tua».

Mi zittii.

No. Avevo preferito tacere. Il figlio era dell'Achille. Non avrei sopportato di vederla sposata con lui. Di vederla crescere un bambino suo. Deglutii. Era questa la verità. Solo che la Lisa aveva agito. Io ero stata sua complice. Avevo guardato senza fare niente. Come al solito.

«Scusa» bisbigliò la Lisa, «parlo così perché sono terrorizzata. Non so cosa mi aspettavo da questa mammana. Certo non quello che ho visto. Perché deve essere tutto così difficile?».

Guardò verso la porta e si alzò in piedi. Tirò un altro pugno, che non servì a nulla. Tornò a sedersi, sbuffando.

Mi prese una mano.

«Siamo uguali, io e te» sussurrò.

L'avevo sempre pensato anch'io. Al posto della mia sorella mancata, avevo la Lisa. Fin da piccola mi ero sentita così grata per questa amicizia, non all'altezza di quella creatura fine, che cantava e ballava e sapeva parlare bene.

«Non voglio che stia male» ribattei.

Lo dicevo davvero. Non volevo più vedere l'Angelica così.

«Nemmeno io» disse la Lisa, «e con l'Achille sarebbe stata malissimo. Pensi che le avrebbe creduto? Con lui si è comportata come una prostituta. Sicuramente le avrebbe risposto che lui non c'entrava. Che il figlio poteva essere di chiunque».

«E tu pe… perché lo fre… frequenti?» chiesi.

«Non lo so. Non lo so più. All'inizio volevo solo conquistarlo. Ora temo di provare qualcosa di più forte. Ho paura. Ma questo non c'entra con l'Angelica e con quello che sta succedendo lì dentro. Non più».

«No» risposi, «n-non c'entra. N-noi abbiamo fa… fatto quello che e-era…».

«Giusto» terminò la Lisa per me.

Avrei voluto dire *necessario*, ma il mio cervello si era inceppato e la bocca aveva solo preso aria. La Lisa terminava le mie frasi da sempre quando ero in difficoltà. Pensavo fosse un gesto di affetto. Quel giorno mi parve che volesse solo convincere se stessa.

Non risposi. Strinsi i pugni.

Poi la porta si aprì.

«Tu lo sapevi?» mi chiede l'Achille, ignorando la mia richiesta di andarsene. «La Lisa mi ha detto che hai avuto quest'idea perché eri innamorata di me. E loro ti hanno seguita perché erano troppo spaventate. All'inizio non volevo crederci, ma quando ti ho vista accanto alla capa di quello sciopero, mi sono reso conto di non conoscerti affatto».

Respiro. Ho voglia di prenderlo a schiaffi. Di scappare da questa stanza.

Non hai mai capito niente, Achille. Niente.

«Se que… questa è la v-versione che ti ha r-raccontato la tua f-futura moglie» rispondo, «co… cosa ci fai qui?».

Achille mi si avvicina di nuovo. Non posso credere che abbia lo stesso profumo.

«Voglio sentire anche la tua, voglio conoscere la verità. L'Angelica non ne vuole sapere di parlarmi…».

«E f-fa bene! Ha… ha voltato pagina. L-lei almeno. Io invece ti ho aperto la… po… porta, p-perché sono rimasta la solita c-cretina, no?».

Lui scuote la testa.

«Nora, calmati. Nessuno ti sta accusando, io voglio solo sapere come sono andate le cose».

Sposare la Lisa sarà la tua maledizione per non aver mai capito niente di me.

«L-le cose sono andate come s-sono andate. Ora mi lasci in pa… pace?».

Mi viene da piangere. Mi maledico per questo, ma sento le lacrime che mi pungono gli occhi. La rabbia che non sono mai riuscita a far uscire è tutta nascosta in quel pianto che cerco di soffocare da qualche parte tra la gola e lo stomaco.

Vattene, Achille. Portati via questa storia, che speravo di non sentire più. Portati via tutto. Anche questo dolore.

«Ti prego, Nora, guardami».

Mi prende entrambe le mani e se le porta al petto.

«M-mente» sibilo. Le nostre bocche sono a pochi centimetri di distanza. «La… la tua futura moglie mente».

«E allora dimmi la verità. Lei ci ha provato, l'ha fatto perché dopo averti vista ieri era molto scossa e io non capivo il motivo. Ho insistito così tanto che ha tirato fuori questa versione dei fatti, ma non mi convince. Nora!».

Cerca di scuotermi. La Lisa, dopo avermi vista a terra, deve aver ripensato all'Angelica. Deve essersi sentita di nuovo in colpa. Vuole arrivare all'altare senza macchia.

«Mi sono sempre chiesto perché non eravate più amiche. Vedere che vi evitavate è stato brutto. Pensavo di essere io la causa…».

«È… è così» dico.

Vorrei dirgli che l'Angelica venne trascinata dalla Lisa nel tugurio della mammana, che fece tutto lei, che io non ero d'accordo e mi adoperai per fermarla. Ma sarebbe una bugia. Chiudo gli occhi.

«Ha f-fatto lei tutto quanto. I-io sono stata a gu… guardare. M-ma ha deciso t-tutto lei. La Lisa. V-voleva tirare via il ba… bambino dalla pancia dell'Angelica. L-la mia unica colpa è stata solo g-guardare. A-aiutare. No… non so perché sono stata in…».

Silenzio. Voglio dire silenzio. Non mi esce.

Mi scuote le spalle.

«E non potevi dirmelo? Eravamo amici! Non potevi avvisarmi prima? Cosa ti ho fatto di male, Nora?».

Non mi hai voluto bene come te ne volevo io.

Le sue urla mi fanno paura. L'Ombra mi avvolge un'altra volta. Mi ha fatto tornare alla mente ciò che sto cercando di cacciare via. Mi scanso e mi rifugio dietro il tavolo, dove l'Achille non può raggiungermi. Sono scossa da brividi.

«Scusa» mormora, «davvero, scusa. Ci tengo alla Lisa, però voglio che sia sincera. Per questo ho insistito dopo che ti ho vista per terra. Vi somigliate così tanto, Nora. Non desidero iniziare il matrimonio con delle bugie. Ma è una cosa successa anni fa, capisci? Adesso cosa dovrei fare secondo te?».

«No… non lo so. E no… non mi interessa più» dico.

«Che cosa?».

«P-potete fare quello che vo… volete. Sta… state lontani da me. Tu e que… quella bugiarda di tua mo… moglie».

«Non è ancora mia moglie» puntualizza lui.

Santo cielo, Achille, prendi il tuo cappello e lasciami in pace.

L'Ombra torna a minacciarmi. Scoppio a piangere.

«Nora, no, ti prego. Perché piangi, adesso? Va tutto bene» dice lui. Prova ad avvicinarsi.

Mi sposto contro la finestra.

Non va tutto bene solo perché lo sta dicendo l'Achille. La Lisa si è liberata dal peso che aveva sulla coscienza, l'Angelica ha cercato di voltare pagina. Io sono rimasta ancorata a quel passato e adesso ho anche un altro peso da sopportare. Non era così che doveva andare.

«No… non fare un altro pa… passo».

«Ma che ti prende?».

«Sta… stammi lo… lontano».

L'immagine dell'Achille pian piano si sfoca e lui diventa l'Ombra. Non lo riconosco. C'è una sagoma scura di fronte a me e non so più a chi appartenga.

Urlo. Che vada via. Che si eclissi subito. Mi lasci quello che rimane di questo corpo violato, che aveva solo fame d'amore e invece ora si è chiuso come una conchiglia testarda.

La Lisa ha mentito, vuole salvare almeno il rapporto con lui. Non le rimane altro. Io devo salvare me stessa. L'Ombra si avvicina.

«Non voglio farti del male, Nora. Perché sei spaventata da me?».

Mente. Mentono tutti. Sono tutti uguali.

«Va... vattene».

Glielo chiedo per l'ultima volta. Sento che sto per svenire. Vomito il verde della bile che mi si è accumulato nello stomaco. Mentre esplode fuori, la pancia mi duole. Forse sto vomitando anche pezzi di quel bastardo. Ci spero tanto.

L'Angelica non riusciva a camminare.

La mammana ci raccomandò di non lasciarla mai da sola, disse che era andata bene.

«Tutto risolto?» chiese la Lisa. Si riferiva al bambino. Mentre parlava con la donna, mi precipitai a sorreggere l'Angelica e a strapparla dalle braccia della mammana.

«Adesso a-andiamo via da qui» la rassicurai.

Sentii il suo peso addosso, l'odore di canfora e sudore, guardai i suoi vestiti macchiati di sangue.

Non parlava, aveva gli occhi socchiusi, trascinava i piedi.

«Lisa, a-aiutami!» urlai.

La mia amica aveva le mani tremanti e il dito aveva ripreso a sanguinare. Doveva esserselo mordicchiato ancora mentre non guardavo.

«Scappiamo da questo posto maledetto» mi disse, prendendola per l'altro braccio.

Iniziammo a camminare. Le togliemmo gli zoccoli, provammo a trasportarla, ma pesava troppo per noi due. Glieli rimettemmo e lasciammo che sbattessero contro i ciottoli delle vie di Milano. La gente ci guardava passare senza chiedere se avessimo bisogno di una mano. Erano tutti presi dalle loro faccende, ma anche noi tenevamo la testa bassa.

«Po… potremmo chiedere… un p-passaggio a una carrozza» suggerii a un certo punto, esausta.

«Non dire sciocchezze, se ci infiliamo in quella sbagliata ci arrestano» mi rispose la Lisa. Anche la sua fronte era imperlata di sudore e il sangue del dito si era mischiato con quello sugli abiti dell'Angelica. Le mie lacrime si fermavano sui capelli sudaticci dell'Angelica, che teneva la testa sopra la mia spalla. Non eravamo mai state così vicine.

«Ma che le ha f-fatto?» chiesi a un certo punto, quando la sentii mugolare.

«Nulla di ciò che non sai».

«Sul serio, Lisa, come ha fatto?».

«Non vuoi davvero saperlo» rispose lei. Era pallida. Non voleva raccontarlo.

«Invece sì. S-smettila di trattarmi così».

Ci fermammo a metà strada, accanto a una fontanella. Bevemmo entrambe, facendo appoggiare l'Angelica contro il muro. La sua testa ciondolava e la fronte le scottava.

«Dobbiamo cambiarle le pezze tutta la notte. A tua madre, se ci vede salire, diremo che non è in grado di tornare a casa e non vogliamo che le buschi dai suoi».

«E se vuole sapere di più?».

«Nora, la tua mamma vive sempre un po' in disparte. Sarebbe strano. Ma se succede, a questo punto vuotiamo il sacco. Ci serve tutto l'aiuto possibile».

«D'accordo» dissi, «p-però adesso ri… rispondimi».

La Lisa chiuse gli occhi. Una lacrima le scese sulla guancia. Si affrettò a ripulirla con la mano buona, quella che non era stata presa d'assalto dal suo rimorso.

«Ha usato i ferri da calza. Prima l'ha addormentata. Ma pare che lei abbia provato a ribellarsi».

L'Angelica farfugliò qualche parola.

Continuammo la nostra faticosa traversata, di cui ricordo confusamente i passi strascicati, un pollo che scappava da un recinto, un signore che si mise a canticchiare un ritornello di una canzone francese e i miei singhiozzi che tentavano di coprire la paura.

«Prova a non piangere» mi pregò la Lisa quando fummo sotto casa mia, «so che è difficile, Nora. Ormai ci siamo dentro. Dobbiamo aiutarla. Ha bisogno di noi».

Mi asciugai le lacrime, salimmo, le togliemmo gli abiti insanguinati, lavammo via le croste di sangue che le erano rimaste attaccate alle cosce.

A mezzanotte mi disse che per lei era giunto il momento di andare a casa.

«Non puoi rimanere qui?» le domandai. Avevo paura di rimanere da sola con l'Angelica, paura che le succedesse qualcosa e fossi ritenuta responsabile.

La soffitta pullulava di ricordi, dal baule impolverato con i vestiti dismessi, quelli che andavano bene per gli stracci, al manichino di nome Rosa, poggiato in un angolo. I topi ci passavano accanto in silenzio.

«Ho bisogno di riposare» rispose lei, «ma verrò a darti il cambio domattina presto. Mi raccomando, non lasciarla mai da sola».

«Va… va bene, Lisa».

«Nora, guardami. Non abbiamo sbagliato, d'accordo? Abbiamo fatto il possibile per aiutarla. Nessuno poteva sapere che la mammana l'avrebbe ridotta così. Intese?».

Anche la sua voce tremava. Sembrava invecchiata di colpo.

Ci salutammo con un abbraccio. Fu l'ultimo che le diedi.

Rimasta sola, cambiai la pezza all'Angelica, tastandole la fronte più volte. Scottava come una fornace. La mammana aveva detto che se passava la notte sarebbe stata salva.

Mi misi a pregare.

«Nora» bisbigliò a un certo punto la mia amica. «Nora».

Terminai l'Ave Maria e mi precipitai al suo capezzale.

«Sono qui, non ti lascio, dimmi».

Mi chinai perché faceva fatica a parlare. Ansimava. Mi fece segno di andare ancora un po' più vicina alla sua bocca.

Guancia contro guancia, la sua mano nella mia, ascoltai le sue parole.

«Quando sarò fuori di qui non voglio vederti mai più».

10.

30 giugno 1902
Casa della Nora

L'Angelica rimase a casa mia per cinque giorni. Riuscimmo a far arrivare di nascosto persino il dottore, grazie alla contessa madre, che era a conoscenza di tutto e ci aiutò, perché ormai la Lisa era diventata la sua protetta. Io non la vidi arrivare col dottore, non la salutai, ci pensò la mia amica. Era compito suo, disse. Immagino che volesse tenere tutto il più segreto possibile e che la contessa non volesse farsi riconoscere.

La Lisa e io facemmo a turno, e quando uno dei fratelli dell'Angelica venne a chiederci dove fosse, dicemmo che non ne sapevamo nulla.

«Non l'abbiamo più vista» mentì la Lisa. Confermai con un cenno della testa.

«Se la incontrate, ditele che è tempo di tornare a casa» si raccomandò.

«Certo» rispose la mia amica.

«Quante ne buscherà quando la rivedremo» sogghignò. Era preoccupato, ma si vedeva che aveva preso la sparizione come un affronto. Non aveva la minima idea di quello che stava passando sua sorella.

La mamma forse sospettò qualcosa, ma non chiese mai nulla. Aveva ragione la Lisa: se ne stava nel suo mondo e non voleva che un imprevisto arrivasse a turbarla più di quanto non fosse già.

Tornavo dal lavoro e salivo le scale fino al solaio con il cuore in gola, perché temevo che qualcuno l'avesse scoperta mentre io ero fuori. Dal quarto giorno la sua fronte iniziò a essere più fresca e riprese colorito sulle guance. Riuscì a mangiare qualcosa, ma soprattutto a parlarmi.

«Quanto ho dormito?» chiese. Era stesa sul materasso, sotto l'abbaino, indossava una vecchia camicia della Lisa.

«Quasi quattro giorni» risposi.

«Mi ha cercata qualcuno?».

«I tuoi fratelli».

«All'Achille cos'avete detto?» chiese.

Non mi guardava, teneva gli occhi fissi sulla parete di fronte a sé, dove un ragno aveva preso postazione da qualche giorno.

«Io non l'ho più visto e nemmeno la Lisa, credo. Abbiamo passato tutto il tempo al tuo capezzale, per accudirti».

L'Angelica fece una smorfia che pareva un sorriso.

«Accudirmi» ripeté.

Presi il pettine.

«Ora che sei alzata posso sistemarti i capelli, vieni» dissi.

«Faccio da sola, che non sei buona» rispose.

Le passai il pettine e la guardai mentre si specchiava e districava i nodi dei suoi capelli biondo cenere.

Il fruscio delle dita che passavano sulle ciocche mi frastornava.

«Come ti senti?» domandai.

«Come una a cui hanno tolto il figlio dal ventre senza dirle niente» mormorò. Chiuse gli occhi. Li riaprì, ma continuò a non guardarmi. Il suo sguardo si fissava sulla parete, sul ragno, ricadeva sulle dita sottilissime.

«P-pensavo l'avessi capito» mormorai. Sapevo che negare non sarebbe servito a nulla. Avevo sbagliato a non dirle niente, ma lì per lì non seppi chiedere scusa.

«Non mi è stato chiaro fino a che non ha preso il fazzoletto per addormentarmi» disse lei. «Pensa, neanche mentre scaldava i ferri da calza ho pensato a una cosa del genere. Che sciocca».

Allora mi guardò.

Non seppi reggere quell'espressione terrorizzata. Ce l'aveva ancora davanti agli occhi, la mammana, con gli arnesi e le rughe intorno alla bocca. La vidi riflessa nelle sue iridi e non ebbi più il coraggio di replicare.

«Quando ho capito chi fosse quella donna ho cacciato un urlo. Non mi hai sentita? Chiamavo te. Ho chiamato anche la Lisa, ma la voce mi si è strozzata in gola. È successo tutto così in fretta e mi è sembrato di essere stata incinta pochi minuti. Ho sperato che corressi da me, che almeno tu non fossi d'accordo. Un ferro da calza, Nora. Poteva uccidermi».

Serrai le labbra.

«Di… dicevi che i tuoi ti avrebbero a-ammazzata. Che non sapevi come fare…» replicai.

Mi squadrò.

«Tu pensi che siccome siamo amiche hai il diritto di decidere cosa sia meglio per me? Tu, che non hai mai avuto il coraggio di ammettere che eri innamorata dell'Achille. Tu che annuisci sempre, che hai paura di parlare davanti agli altri, tu che sei ancora una bambina col moccio al naso. Cosa pensi di poter decidere?».

Sentii del calore sulle guance, ma non provai a ribattere. Abbassai la testa e cercai il ragno con lo sguardo. Si era allontanato verso la ragnatela in un angolo della parete.

«Vo…volevo solo aiutarti, Angelica».

«Ci credevo davvero. A te, alla Lisa, a tutte quelle cavolate sull'amicizia. Sull'essere come sorelle. E sai, io ci ho pensato».

Fece una pausa e si portò le mani al ventre.

«Certo che ci ho pensato. Da quando le rosse non sono arrivate e ho capito di essere incinta, ho avuto in testa solo il pensiero di un'altra vita che mi stava crescendo dentro. Mi sono chiesta cosa fare, dove andare, stavo malissimo. E ci ho pensato. Non lo tengo, me ne disfo. Avevo sentito dire che a furia di sfiancarsi e non mangiare, una il bambino lo perde. Forse era quello che stavo tentando di fare. Però tu e la Lisa non avevate il diritto di decidere per me. Dovevate parlarmene. Nemmeno i miei genitori avrebbero mai fatto una cosa simile, a mia insaputa».

Tirò su col naso e si guardò intorno.

«Dove sono i miei vestiti?» chiese.

«Li abbiamo b-bruciati» risposi, «erano p-pieni di s-sangue».

«Questa camicia ha il profumo della Lisa. Non la voglio».

Le labbra le tremavano, però non pianse. Finì di sistemarsi i capelli.

«Non lo dirò all'Achille» mormorò, «non se lo merita. Spero che tu non ti aspetti un grazie perché mi hai ospitata qui. Dopo avermi ingannata».

«I-io stavo solo ce… cercando di fare quello che era…».

Necessario. Un'altra volta quella parola. Un'altra volta non uscì. Forse il balbettio ogni tanto mi aiutava a non dire fesserie.

«La prossima volta fatti i fattacci tuoi. Ora me ne vado».

«Non p-puoi» ribattei, «tra poco arriva la Lisa e…».

«E cosa, Nora? Cosa stai cercando di dirmi ancora? Cosa intendi fare adesso per me?».

Mentre si alzava trovò la forza di sorridere.

«Sai una cosa? All'inizio mi piacevi. Anche più della Lisa. Tu e il tuo balbettio, quelle insicurezze, le espressioni del viso che ispirano tenerezza, sembravi davvero una bella persona. Ma più andavamo avanti, più notavo tutto quello che facevi per la nostra amica in comune, come ti atteggiavi, e mi sono detta: questa non è una ragazza. È la copia sbagliata di un'altra. Una che non sa pensare con la sua testa. La Lisa è falsa e anche un po' perfida, quando ci si mette. La Nora è succube di lei. Posso fidarmi di due così?».

Si avviò verso la porta.

«La risposta è no» continuò, «ma l'ho capito troppo tardi».

Rimasi in ginocchio davanti al materasso vuoto. Lei mi rivolse un'ultima occhiata.

«Buona fortuna per tutto» disse, «e se m'incontrerai per strada, ti prego, fai finta di non conoscermi».

Sbatté la porta. Rimasi sola a fissare il ragno. Mi ero meritata tutto quello che aveva detto.

Era finita, con lei. Non ci sarebbe più stato un trio. Fu la prima volta che mi immaginai l'Angelica con la pancia gonfia, in attesa del suo pargolo. Non era una decisione che dovevamo prendere noi, aveva ragione. Sarebbe stata una madre giovane, non più di tante altre. Forse i suoi genitori si sarebbero arrabbiati, al Bottonuto ci sarebbe stata un'altra bocca da sfamare. Malgrado questo, però, avrebbero anche potuto accettarla e gioire con lei per una nuova vita che le cresceva dentro.

«Dio, cosa abbiamo fatto» mormorai.

«Nora?» mi chiamò la Lisa. Stava entrando in soffitta, trafelata.

Chiusi gli occhi.

«Nora, che succede?» insistette lei, «dov'è l'Angelica? Possibile che mi volti un attimo e qui accade il finimondo?».

Si atteggiava di nuovo a quella che sapeva tutto. Negava la realtà. Non sapeva un bel nulla.

«Sta... stava m-meglio. Non vuole p-più vederci».

«Che cosa?» strillò la Lisa, in preda al panico. «Dovevi fermarla, perché l'hai lasciata andare? Dovevate aspettare che arrivassi io!».

«È... è finita. F-finita».

«Cosa farnetichi?».

«N-non ci vuole più vedere. E f-fa bene».

«Ma noi abbiamo agito per aiutarla, ne abbiamo già parlato!».

La guardai. Non ci credeva davvero neppure lei.

«T-ti sei mai chiesta cosa... cosa avrebbe f-fatto se noi n-non...».

La Lisa si portò una mano sulla tempia.

«Certo che me lo sono chiesta, sciocca. Non avrebbe avuto il coraggio di abortire, credo. Magari il bambino se ne sarebbe andato lo stesso da quella pancia che non tratteneva più niente, ma così lei ne è stata sicura. Tante di noi si sono ritrovate in questa situazione».

«M-ma…» ribattei, «in questa situazione… ora c'era l-lei. N-non tu».

La Lisa divenne paonazza.

«Guarda che eravamo d'accordo tutte! Adesso non cercare di cambiare le carte in tavola perché quell'altra si è arrabbiata!».

Non era questione di rabbia. Le avevamo tolto la libertà di decidere. Noi, non la sua famiglia o la sua maestra. Le sue amiche. Non me lo sarei mai perdonata.

«Nora, guardami. Dobbiamo far finta che non sia successo nulla, ricordi? Su questo punto non una parola con nessuno. Neanche con l'Achille. Soprattutto con l'Achille».

«T-ti interessa ancora qu… quello che p-pensa?».

La Lisa sbuffò.

«Non stiamo parlando di lui, adesso. Ma di questo segreto. Facciamo un patto: tu non dici niente all'Achille, mai, per nessuna ragione al mondo. Io farò finta che non sia successo nulla, non dirò mai dell'Angelica e di quello che ha combinato con lui ad anima viva. Salveremo anche la reputazione della nostra amica in questo modo. Non trovi?».

Annuii.

Le mani tremavano a entrambe.

Mi voltai verso di lei, ma non riuscii ad alzare lo sguardo.

«C-come f-faremo a conviverci?».

«In qualche modo passerà. Proverò a parlare con l'Angelica. Vedrai che è solo turbata, poi col tempo…».

Cercò il contatto con la mia mano, ma mi ritrassi.

«Vai» dissi, «p-pulisco io».

«Però ci vediamo questa sera al solito posto?» chiese. Sapeva benissimo la risposta.

Sospirai.

«M-meglio di no. Almeno per qua… qualche giorno».

Ci guardammo. Aveva capito che non l'avrei più voluta vedere. Era meglio così, anche perché saremmo finite a parlare di quella brutta storia. E buonanotte al patto.

Mi sarebbe mancata. Mi sarei chiesta spesso cosa avrebbe fatto lei in determinate situazioni, avrei provato a vivere dei gesti che ricordavo. Ogni tanto mi sarei detta: "La Lisa avrebbe saputo come ribattere".

Ma quel giorno presi coscienza che io non ero lei. Non lo sarei mai stata.

L'Achille guarda il mio vomito per terra. Apre la bocca. Per una volta sembra anche lui senza parole.

Mi rannicchio per terra e prendo le ginocchia tra le braccia. Nascondo il viso.

«Scusami» mormora, «sono venuto qui con tutte le mie paure, ti ho aggredita e ho preteso che mi raccontassi del passato. E in tutto questo non mi sono neanche accorto che stavi male. Perdonami».

Storce il naso. Anche io sento la puzza, ma non mi dà fastidio. Qualsiasi distrazione va bene, purché la smetta di vedere l'Ombra davanti a me.

«Ora sarà meglio che vada» dice, «ti ho disturbata abbastanza. Devo aiutarti a…?».

Faccio segno di no con la testa.

Ha detto anche troppo. Ci manca pure che pulisca per terra. Voglio solo che se ne vada davvero, adesso. Sento freddo.

Lo guardo. Era tutto ciò che volevo, un tempo. Ora provo solo un senso di… nulla. Il cuore non batte più forte per lui, le mie mani sono fredde. Potrebbe stare qui a fissarmi tutto il giorno, non avrei domande da porgli. È diventato uguale agli altri. Grigio. Non provo niente. Mi stupisco anche di questo.

I ricordi più dolorosi appianano l'amore, a volte, come un manto di neve fresca sulle strade, che diventano tutte uguali. I miei sentimenti non sono più evidenti, nemmeno se scendessi nei meandri di me stessa a cercarli.

Qualcuno tenta di aprire la porta.

«Nora, che succede?» dice la mamma.

«A-arrivo» mi affretto a rispondere.

«Aprimi» strilla lei. Non chiudiamo mai a chiave la porta se siamo in casa.

L'Achille vorrebbe aiutarmi ad alzarmi, ma lo fulmino con lo sguardo. Rimane al suo posto, impacciato. Barcollo verso la porta.

«Ecco, ecco» dico e giro il chiavistello.

Quando mia madre lo scorge non sembra stupita.

«Ah, sei qui» lo saluta. «Stavi andando o sei appena arrivato?».

Credo lo veda ancora come il ragazzino che vendeva la merce in drogheria. Che le buscava dal padrone. Che portava i calzoncini corti e alle volte mi sorrideva. Quel ragazzino non esiste più.

«Sto andando, signora» dice l'Achille.

La mamma mi osserva e vede subito anche il vomito per terra.

«Nora, ma che hai fatto? Non stai bene?».

Achille mi guarda, socchiude le labbra, fa per intervenire. Ci ripensa e si volta verso l'uscita.

Il bicchiere d'acqua è ancora sul tavolo. Mentre lo guardo andare via ne prendo un sorso. Ho la bocca secca. La gola in fiamme.

Non vedevo l'ora che se ne andasse, ma intuisco che la prossima volta lo vedrò sottobraccio alla Lisa, sposati, mentre camminano per la via e lui si sarà gettato alle spalle questo dialogo, come tutto il resto. Avrò il coraggio di scendere per strada e salutarli come se niente fosse o mi metterò a urlare che sono entrambi degli ipocriti?

La mamma è corsa a prendere lo straccio.

«Bambina mia, vai a stenderti. Avevo detto a tuo fratello di rimanerti accanto fino a che non fossi tornata. Come al solito non mi ascoltano».

Pulisce il mio vomito e sfrega il pavimento più del necessario. Apre la finestra.

Io sono ferma in piedi. Non riesco a muovermi.

«Ci metterà un po' ad andare via» mormora, «che voleva l'Achille?».

«N-niente».

«Si sposa con la Lisa, vero? Ti hanno invitata?».

«N-no» rispondo in un soffio.

Lei continua a strofinare lo straccio sul pavimento.

«Mamma» bisbiglio.

Finalmente mi guarda.

«Sei pallida come un lenzuolo. Vieni a sdraiarti».

Mi accompagna fino al divano.

«Mamma» ripeto.

Mi metto a piangere.

«Stai tremando, piccola. La coperta. Ecco qui».

Lascio che mi sistemi come quando ero bambina. Non ricordo che l'abbia fatto molte volte, ma posso immaginarlo. Ho bisogno di immaginare che si prendesse cura di me proprio in questo modo.

«Nora, la maestra Ester mi ha raccontato… certe cose. Dice che sei una bugiarda».

«No… no… non è…».

Niente. Riesco solo a singhiozzare.

«Lo so» mi tranquillizza lei, «lo so che è vero. Non sei la prima. Purtroppo non sarai nemmeno l'ultima. Quello che ti è successo è… terribile. Però non devi dirlo a nessuno, capito? Neanche ai tuoi fratelli. L'hai per caso accennato a Roberto?».

Faccio segno di no con la testa.

«A nessuno. Non capirebbero. C'è qui la tua mamma adesso. Sono qui».

Non capisco perché devo stare zitta con chiunque invece che urlare come ha fatto l'Aurelia, ma neanche m'importa. Non mi sognerei di parlare dell'Ombra nemmeno se me lo chiedessero. Il marito della Ester per me non esiste più. Lei mi ha buttata fuori da casa sua. Mi ha trattata come una bugiarda. Non mi crederebbero, ha ragione la mamma. Anche se immagino non sia questa la vera motivazione per cui devo tacere. Ora capisco perché Carolina disse all'Aurelia che era stata coraggiosa. Per buttare fuori questa merda ci vuole davvero tanto impegno.

Sento sulle guance le mani calde della mamma, il suo corpo simile al mio che mi stringe. Va bene così. Posso piangere. Posso sfogarmi. Mi aggrappo al suo collo e rimango a singhiozzare. Non ci posso credere che in questo momento, solo adesso, ci stiamo abbracciando. Ci siamo riconosciute nel dolore.

«Non doveva succedere anche a te» bisbiglia la mamma, «non doveva succedere. Non dovevo farti tornare in quella casa. Non dopo lo sciopero».

«Lo s-sciopero non c'entra» ribatto.

Cerco di scollegare quei due avvenimenti. Sciopero. Violenza. Lei non mi ha di certo aiutata a farlo. Mi viene da singhiozzare, sento che mi sta mancando l'aria. Potrei vomitare di nuovo.

«Calmati, pensa a riposare» sussurra la mamma.

Mi culla tra le braccia e intona sottovoce una nenia che da piccoli ci faceva sempre addormentare. Chiudo gli occhi. L'Ombra se ne va se lei mi sta accanto. Sto ancora tremando, ma adesso sono sotto le coperte, al sicuro, e voglio pensare che tutto andrà meglio.

Devo aver dormito per qualche ora. Forse anche per giorni. Quando apro gli occhi il sole è ancora alto. Ho sognato papà. Ho sognato quel giorno in cui imparai la maledetta poesia a memoria e non fui capace di recitarla davanti a tutti.

I suoi occhi si chiusero, poi li riaprì e rimase impalato a fissare una figlia che sembrava non appartenergli. Lui, così spigliato, che cresceva una bambina con la balbuzie.

«Sei sveglia» dice la mamma, «non mi sono mossa da qui».

Accanto a me c'è una brandina. Deve aver dormito anche lei in cucina questa notte.

«M-ma...?».

«Hai riposato per un giorno intero. Hai delirato, sembrava recitassi quella poesia sulla *Piscinina*. Te la ricordi, a quanto pare».

«C-certo che la ricordo».

«Pensavo non l'avessi mai imparata».

«I-invece l'ho sempre s-saputa, anche se tu m-mi hai dato della s-somara».

La mamma aggrotta la fronte.

«Che dici? Non ti chiamerei mai in un modo così offensivo».

«I-invece l'hai f-fatto, quel giorno».

«Quale giorno? Stai ancora delirando».

«M-me lo ricordo bene» insisto.

«Tu coi ricordi ci giochi, Nora. Non ti ho mai chiamata in quel modo. Non è possibile. Una buona madre non lo farebbe mai».

Rimaniamo in silenzio. Non ho più la forza di ribattere. È una battaglia persa.

«Sai che nel sonno non balbetti?».

Si sforza di sorridere.

«N-non devi andare a l-lavorare?» le chiedo.

«Oggi no. I tuoi fratelli mi hanno detto di restare a casa per un giorno. E tu non devi alzarti, se non te la senti».

Bussano alla porta.

«Aspetta un secondo» dice la mamma. Prende il mattarello e va ad aprire. Ha l'aria preoccupata. Anche io inizio ad agitarmi. Potrebbe essere Lei. L'Ombra. Mi irrigidisco.

«C'è la Nora?».

Riconosco la voce della Gianna. Respiro di nuovo.

«Tu chi sei?» chiede mia madre, diffidente. Non l'ha riconosciuta, anche se la sua foto è andata su tutti i giornali.

«Un'amica della Nora».

La mamma mi guarda e io annuisco. Mi metto a sedere.

La Gianna entra.

«Vi lascio un po' da sole» dice la mamma, «esco un istante».

«G-grazie».

Mi sembra di non vedere da un sacco di tempo la Gianna, invece sono passati solo due giorni. Ha la gonna ampia, i capelli tirati indietro alla maschietta. Dietro quest'immagine c'è una bambina spaventata, che si atteggia a fare la grande. Che può dire di essere finita sui giornali facendo lo sciopero delle piscinine.

Si siede accanto a me.

«Sono venuta appena ho saputo» bisbiglia.

«C-che cosa?» chiedo.

«Tranquilla. Posso immaginare quale sia la verità. Tutti non fanno altro che sparlare, dare aria alla bocca. La maestra Ester va in giro a dire che sei una poco di buono. Che hai provato a sedurre suo marito e per questo ti ha cacciata. Ma noi sappiamo chi è il vero porco, nessuno le crede».

«L'Aurelia…?».

«Verrà presto a trovarti anche lei. Credo saprà usare le parole giuste, mica come me. Però dovevo vederti subito. Come stai?».

Provo a sorridere.

«M-meglio».

«Non sei capace di dire le bugie». Batte un pugno sul divano. «Maledetto maiale» mormora.

«E t-tu?».

Sospira.

«Siamo lontane dall'aver conquistato sul serio i nostri diritti. Sono tornata a lavorare per un'altra maestra. È meno severa, il telegramma pesa un po' meno. Ma diamine, sono passati solo due giorni e tutto sembra già finito, come se fosse calato un sipario».

Le prendo la mano. Ho bisogno di sentire calore sulla pelle.

«Scusa, Nora. Tu stai male e io sono qui a parlarti di lavoro».

«So… sono contenta che s-sei venuta».

«Voglio imparare a leggere. Provare a studiare» mi confida la Gianna.

«U-una buona i-idea. So… sono sicura che ce la farai».

«Puoi farcela anche tu» mi esorta lei, «possiamo farcela insieme. Forse adesso ti sembra l'ultimo dei pensieri ma… tu hai una testa, Nora. Una bella testa».

Guardo fuori dalla finestra. Il cielo è azzurro.

«Vuoi uscire?».

«N-no» rispondo. Ricomincio a sentire freddo. Ho paura di incontrare l'Ombra.

«So che è difficile, però forse dovresti. Sai, sto aiutando un po' Carolina all'asilo Mariuccia. Ti assicuro che riconosco quell'espressione. Ma ci sono io con te. Hai bisogno di prendere aria e di sentire che puoi ancora camminare da sola».

Anche se sono terrorizzata, riconosco che ha ragione lei.

Ci alziamo in piedi.

Non sono presentabile, me ne rendo conto, mi dovrò confezionare un altro abito. Posso provare a farlo con le mie mani. Non sono più una piscinina. Questo è il primo giorno da… da Nora.

Scendiamo le scale a passi lenti, la Gianna mi tiene la mano.

«Ci mettiamo il tempo che serve, non ti preoccupare» mi rassicura.

Passeggiamo senza dire nulla per le vie di Milano. Camminiamo come se avessimo tutto il tempo del mondo. Fa caldissimo e non ci sono molte persone. Meglio così: non ho voglia d'incrociare gli sguardi di sconosciuti né tantomeno di facce note. Arriviamo fino al Camposanto. È partito tutto da questo posto.

Un signore impettito ci passa accanto, insieme al suo amico in giacca e cravatta, nonostante l'afa.

«Che mi venga un colpo» esclama, «leggi qui, Antonio».

«Cosa dice?».

Mentre sta terminando lo sciopero delle *piscinine* ne viene dichiarato un altro... di *piscinini*.
Sessanta garzoni della ditta Bertarelli, fabbricante in arredi sacri – ragazzi dai dodici ai quindici anni – abbandonano il lavoro, domandando un aumento di paga, vale a dire un minimo di 50 centesimi, e anche un aumento progressivo. Si portano anch'essi alla Camera del Lavoro, ove, dopo aver nominata una commissione, finiscono a giuocare nel cortile colle *piscinine*.[11]

«Hai capito le piscinine!» se la ride l'amico.

La Gianna e io abbiamo ascoltato in disparte, tenendoci sempre la mano e stringendola quando si parlava di noi.

«Ci... ci hanno imitato» sussurro incredula.

«Abbiamo fatto scuola agli uomini» ridacchia lei.

«Fo... forse n-non è stato inu... inutile».

«Lottare e combattere non sarà mai inutile» dice la Gianna, «soprattutto per noi donne. Per i nostri diritti».

L'Ombra non può raggiungermi con lei accanto, in pieno giorno, con tutto questo sole. Inizio a sentirmi più tranquilla. So che questa sera, da sola a letto, sarà un'altra musica. Ma ora sono qui.

«Sa... sai que... quel giorno» dico, «che mi sono messa a strillare no no... E poi so... sono quasi svenuta... Io... non volevo che f-finisse».

«Che cosa?».

«Il no... nostro s-sciopero».

«Come mai?» mi esorta la Gianna.

«P-perché non sono riuscita a p-parlare. L'hai f-fatto tu per noi e sei stata bra... bravissima. M-ma anche io ho... una v-voce».

«E troverai il tuo modo per tirarla fuori, sei una combattente. Dici cose sensate, parli bene. Non devi avere paura di... quello che sei».

La Gianna si guarda attorno, poi sembra avere un'intuizione.

«Ricordi che mi hai raccontato di tuo padre, di come ha combattuto contro gli austriaci, vero?».

11 *Piscinine e garzoni*, *Il Secolo*, giugno 1902.

«Certo» rispondo. Che c'entra, ora? Non mi posso fidare di questa testa matta, penso con affetto.

«Li odiavano. E non mollarono finché non ottennero la libertà».

Arriviamo sotto la magnolia che mi è tanto cara.

«Questa pianta deve aver visto quelle battaglie» continua la Gianna.

«S-sì».

«Ora è tempo di far sentire la tua voce».

«A-adesso? M-ma come?».

La Gianna sorride.

«Se non lo fai adesso, forse non lo farai mai».

Sono confusa, ma credo abbia ragione lei. Se non tiro fuori la voce ora che tutta la mia vita è andata in pezzi, poi sarà sempre più difficile. Però non ho idea di quello che voglia intendere. Non riuscirei mai a fare un discorso.

«C'è qualcosa che davvero ti tocca l'anima, Nora? Qualcosa di solo tuo. Che so, una filastrocca. Una canzone».

Ci penso un attimo.

Quel giorno in cui non riuscii a recitare la mia poesia, mi nascosi in camera e piansi. Mi guardai allo specchio e mi rivolsi frasi di disprezzo. Poi mi calmai e snocciolai tutta la poesia, senza sbagliare o incespicare neanche per un istante.

Quando sentii cantare il *Va' pensiero* dalla Lisa mi venne in mente mio padre che mi raccontava della terza strofa, quella che usavano per accalorarsi e darsi coraggio prima di lottare, nel 1848. Ho sempre adorato quell'aria. La conosco a menadito.

«Il... *Va' pensiero*».

«Mi piace un sacco. Piace anche a Milano, è un po' il suo inno. Ti va di cantarmelo?».

«Q-qui?» protesto, scettica.

L'Ombra non c'è. Sono illuminata dai raggi del sole.

«Qui, adesso».

L'energia della Gianna è contagiosa. Cosa può succedermi ancora, di brutto, se mi metto a cantare una canzone?

«Ci... ci provo».

Lei mi lascia andare la mano.

Chiudo gli occhi, così mi sembrerà di essere sola. Non vedrò le persone che passano e, anche se la voce uscirà male o non uscirà per niente, io non mi accorgerò delle espressioni contrariate dei cittadini di Milano. Sono solo una ragazza che vuole cantare.

Incomincio a intonare l'aria, partendo dalla prima strofa. L'ho fatto diverse volte, dopo che la Lisa ha cantato davanti all'Achille. Ma sempre sottovoce, per paura di essere stonata, di bloccarmi, di essere ascoltata da qualcuno che voleva prendermi in giro.

Le prime note mi aiutano a far fluire le parole dalla bocca. È come se stessi facendo il discorso che da sempre ho sognato di pronunciare, riguardo a quello che provo sullo sciopero, sull'essere una piscinina, sul diventare grande. Cantando mi riesce più semplice. Speravo fosse così, perché quando spazzavo e canticchiavo non mi è mai capitato di incespicare. Ma non potevo saperlo per certo: anche con la poesia ero sicura, eppure andò male. La gente che passa non ha effetto sulla mia balbuzie, quando canto.

Va', pensiero, sull'ali dorate;
Va', ti posa sui clivi, sui colli,
Ove olezzano tepide e molli
L'aure dolci del suolo natal!

Se riesco a cantare in questo modo, posso fare anche altro. Posso superare quello che mi è accaduto, ridurre l'Ombra a un briciolo di polvere. Ci vorrà il tempo che ci vorrà.

Tengo gli occhi chiusi e proseguo con la seconda strofa, mentre davanti a me sfilano l'Achille piccolo e l'Achille quasi adulto, la Gianna che mi sfiora la fronte e prova a baciarmi, le piccole scioperanti, che mi arrivano all'ombelico. Rivedo anche l'Angelica, che si tiene il ventre e piange perché le abbiamo tolto il figlio senza il suo consenso. Per un istante c'è anche l'Ombra, a ricordarmi che ormai fa parte della mia vita. Non sono pronta ad accettarlo, quindi stringo le palpebre e mi concentro solo sulle parole.

Alzo un braccio, mentre canto.

Quando arriva la strofa preferita da mio padre, mi lascio trasportare dalla sua forza e apro gli occhi.

Arpa d'or dei fatidici vati,
Perché muta dal salice pendi?
Le memorie nel petto raccendi,
Ci favella del tempo che fu!

La Gianna si è messa di fronte a me e mi sta ascoltando. Non è la sola. Altre persone, tra cui una donna con un vestito all'ultima moda che scende morbido lungo i fianchi, si sono fermate per sentire il mio canto. Riconosco alcuni amici di mio padre, ormai ingobbiti, che hanno popolato la mia infanzia e di certo sono stati suoi compagni in quel 22 marzo di ribellione di tanti anni fa. Alcuni probabilmente sono gli stessi che ridevano quando non riuscivo a recitare la poesia.

Hanno sulla bocca quella strofa, la intonano con me, a qualcuno scendono le lacrime. Ci sono gli operai che stavano dietro le barricate, macchinisti e cesellatori, che ora guardano il tram passare e attraverso un bicchierino di vino rosso assaporano il gusto della libertà tanto agognata. Riconosco i verniciatori, i sellai, due pompieri. Sono uomini e donne, quelli che si stanno fermando ad ascoltare e a cantare con me. Sono gli stessi che all'inizio dello sciopero ci hanno derise, ma che ora, anche grazie ai giornali, ci rispettano e si sentono ancora parte della lunga battaglia per la libertà.

L'Ombra è dietro l'angolo. Ma la Gianna mi ha dato la forza per capire che un giorno, se mi impegno, tutto questo passerà. Sto tirando fuori la voce che ho sempre saputo di avere.

Incoraggio tutti a partecipare e vado avanti, metto nel canto quello che non sono riuscita a dire alle mie compagne, alla Lisa, all'Achille e persino all'Angelica.

Lisa, sei stata parte di me e lo sarai sempre. Però è giunto il momento di voltare pagina. Dio solo sa quanto mi mancherà pettinarti i capelli. Quanto vorrei essere al tuo matrimonio per vederti vestita di bianco, felice. Ma non potrei mai. Per l'uomo che hai scelto di sposare. Per quello che ha rappresentato per tutte noi.

Angelica, fai bene a non volermi più parlare. Dovevo proteggerti. La gelosia mi ha accecata, ma questa non è una scusa. Se non ci fossimo messe in mezzo forse adesso, insieme al tuo bel giurista, avresti anche un bambino.

Mi accarezzo il collo e sono grata di poter essere viva per cantare senza stonare.

Achille, quanto ti ho idealizzato. Quanto ho sognato di lavorare fianco a fianco, nella bottega, di passeggiare per piazza Duomo e stare proprio aggrappata al braccio che mi hai concesso solo una volta.

Non potrò dimenticare la Gianna che mi esorta a cantare e questa voce che viene fuori dopo il vomito, dopo le brutture a cui ho dovuto assistere. Ce la posso fare. *Ce. La. Posso. Fare.* Che importa se solo nella mia testa le parole hanno questa fluidità e sono scandite alla perfezione? Ho trovato la Nora. Questa Nora di oggi, che è riuscita a cantare.

Tra i compari di lotta che per un istante hanno fermato la loro passeggiata per ascoltarmi scorgo mio padre. Fuma la pipa, mi sorride, fa segno di aver letto il giornale.

Termino l'aria con gli occhi rivolti al cielo, magari lui sta davvero ascoltando.

Immagino che sia fiero di me, adesso.

Papà, guardami. Non balbetto più.

11.

30 novembre 1932
Cimitero monumentale di Milano

Non conosco quasi nessuno.

Mi aspettavo tanta gente al suo funerale, ma sicuramente non tutti questi visi poco familiari. Sono artisti, gente del popolo, ricchi borghesi. Solo l'Emilio poteva radunare al suo cospetto gente così diversa. Hanno tutti le lacrime agli occhi. Parlano di lui in tono sommesso, si danno pacche sulle spalle, si fanno il segno della croce e mandano un bacio verso il cielo.

Mi sono vestita di nero, ho coperto il viso con la retina, così posso guardare indisturbata le persone accanto a me.

Se n'è andato mentre era nel suo studio, a dipingere, da solo.

In questi anni abbiamo parlato qualche volta di come avrebbe voluto lasciare il mondo.

«Sarebbe perfetto» mi aveva confidato con quello sguardo irriverente, «andarsene mentre sto dipingendo in montagna, nella baita del mio amico Giovanni».

«Non nella t-tua Milano?» ho chiesto, perplessa.

«Milano è casa, ma la montagna è rifugio» ha ribattuto, «e poi non voglio troppa gente intorno, se devo schiattare».

Alla fine lui e la moglie hanno tanto insistito che ci sono andata in Svizzera con loro.

In realtà non volevo: lasciare Chiara sola al negozio mi spaventava.

«Mollala un po' quella ragazza» mi ha provocata Fiorenza, sorridendo, «che poi ti lamenti di tua madre, ma non le dai un minimo di fiducia. Cosa ci vuole a gestire due clienti?».

Volevo ribattere che nel fine settimana c'è molto da fare, ma l'Emilio ci teneva troppo. E io gli dovevo tanto.

«Va bene, ma posso stare solo una notte».

«Ci sarà ancora la neve, vedrai».

«C'è da camminare tanto?».

«Sei stata una piscinina» aveva ribattuto l'Emilio, «non dirmi che ti spaventa!».

Mi ero fatta prestare degli scarponcini al negozio di scarpe accanto alla mia profumeria e avevo preso con me solo pesanti abiti di lana.

Il freddo mi faceva paura più di tutto il resto.

Il viaggio in treno fu gradevole, ma quando arrivammo a Lecco iniziai a vedere le montagne e a preoccuparmi.

«Ci cadranno addosso» continuavo a ripetere, gli occhi chiusi, terrorizzata. L'Emilio e la Fiorenza ridevano. Si era trovato proprio la moglie giusta per lui. Valtellinese, amante della montagna.

Negli ultimi anni l'Emilio rimaneva poco a Milano. Era sempre con lei in Svizzera, preso dai suoi quadri, dove il bianco predominava su tutto.

Solo verso novembre tornava in città e non mancava mai di passare in negozio a comprare qualcosa per sua moglie. Quando la mia mamma morì mi scrisse una lettera, dicendo che non sarebbe venuto al funerale, ma che era vicino a me e ai miei fratelli. Che avevamo perso qualcuno di davvero importante e che lui l'avrebbe ricordata per sempre.

Il prete ci rammenta che ritorneremo alla polvere e tutti facciamo il segno della croce. La Fiorenza singhiozza, sfiora la bara, lascia cadere un pugno di terra nella fossa.

Eseguo anche io quel gesto, poco convinta. Non prego più. Non da quando mia madre se n'è andata, colpita da un infarto fulminante, e l'Angelica, dopo essersi riappacificata con me e avermi invitata al suo matrimonio, è morta di setticemia. Ho perso in poco tempo due donne importanti nella mia vita. Ci credo poco a quello che ci sarà dopo.

Ma se proprio devo immaginare l'Emilio da qualche parte, allora spero che sia nel bianco. Lì dove ha sempre desiderato stare, sulle montagne, a guardare le cose da quel punto di vista unico, a dipingere i volti delle persone e a regalargli un istante eterno.

«Sia lodato Gesù Cristo» dice ancora il prete.

«Sempre sia lodato» rispondiamo meccanicamente.

Inizia a piovere.

Ci ripariamo con cappelli e stole, ci stringiamo nei cappotti.

La baita del Segantini era in cima a una montagna, raggiungibile per uno stretto sentiero impervio, che mi sembrava non finire mai.

Ci andammo alla fine di aprile, con la Fiorenza e l'Emilio che tenevano il passo buono, io rimanevo indietro, sbuffando per la fatica. I polmoni non pompavano bene l'ossigeno, succhiavo l'aria gelida e la mia saliva aveva il sapore del sangue.

«S-se mi avessi detto che era così f-faticoso» mi lamentai, «non sarei m-mai venuta fin quassù».

La Fiorenza rideva, mi prendeva la mano e cercava di farmi camminare più svelta.

Quando giungemmo alla baita, isolata dalle altre, dominante, in cima alla montagna, guardai verso il basso.

La Svizzera si stagliava ai miei piedi, con gli abeti verde scuro e la neve a decorare la natura. Le montagne sembravano sempre più vicine.

«Stupendo» mormorai, mentre l'Emilio aveva già acceso il fuoco e la Fiorenza aveva messo su il tè.

«Te l'ho detto» fece lui da dentro, «che ti saresti innamorata». Poi ci raggiunse fuori.

«Nora» mormorò l'Emilio, passandomi una tazza di tè bollente, «ti avevo promesso che avresti guardato questo panorama, un giorno».

«M-me lo ricordo» risposi, «e mi… mi dicesti anche che non s-sarei più vo… voluta tornare a Milano».

«E dunque?».

Guardai l'Emilio, in pace come non lo avevo mai visto. Le mani appoggiate sulla balaustra di legno, la sigaretta in bocca, il respiro calmo.

«La strada è stata f-faticosa» ammisi, «camminare in città non è lo stesso che f-farsi i chilometri qui in montagna».

«Solo questo?» insistette lui. «Guarda che bianco. Che candore».

«Indubbiamente il p-panorama è stupendo» gli concessi, «c c'è un silenzio che ti… ti rapisce».

«È tutto quello di cui ho bisogno per vivere, ora. Questo tipo di raccoglimento».

L'Emilio si era avvicinato al buddismo, non voleva un funerale cristiano. Ma certe cose, quando sei morto, non le controlli più tu.

Quel giorno, guardando il mondo dall'alto, capii di essere legata alla mia Milano più di quanto credessi. Nella mia vita sono stata in campagna, a Firenze per lavoro e una volta anche al mare. Mi è piaciuto visitare quei luoghi, ma non sono casa, per me.

Lassù mi ritrovai a pensare al tintinnio del tram quando ripartiva, alle urla del mercato, ai bambini che si rincorrevano in piazza, alle guglie del Duomo. Sentivo l'odore dello sterco di cavallo sulle strade e quello del piscio del Bottonuto, le chiacchiere di chi si raccontava l'ultimo pettegolezzo da una carrozza all'altra, rivedevo i borghi intessuti di orti e giardini.

Lassù il naso era come tappato, percepivo solo il freddo della neve. Sapeva davvero di zenzero, come mi ero immaginata. Fresco e pungente.

«Sai, Emilio, io adoro questo p-panorama e mi piacerebbe avere un marito o un f-figlio con cui condividerlo» gli confidai, «m-ma sono più che certa che per quanto mi sforzi di diventare un'altra, io rimarrò per sempre una piscinina di Milàn».

Lui rise, mi diede un buffetto sulla guancia, come faceva

quando ero piccola, poi rientrammo ad aiutare la Fiorenza con la cena.

Trattengo a stento le lacrime e mi avvicino alla bara prima che venga calata nella fossa.

«Vuoi dire qualcosa, tu che sei brava con le parole?» mi chiede la Fiorenza, ancora in lacrime, «che so, un discorso».

«Ma c-che discorso» mi schermisco, «che io a f-fare i discorsi poi balbetto, non lo sai?».

Mi piace usare le mani, fabbricare le saponette, studiare le spezie, preparare unguenti e sciarpe. Non sono mai stata brava con le parole e non credo che riuscirò a imparare a leggere. Ho smesso di fare pazzie come quelle dello sciopero. Anche se vado in giro a dire a tutti che io c'ero, ho lottato e ho difeso i miei diritti di donna e di lavoratrice. Chiara, quando ne parla, ci tiene a raccontare di come sia stata io, non un'altra, a firmare il documento che accettava tutte le proposte delle maestre.

La Gianna, invece, è stata assunta dall'Unione femminile ed è diventata una maestra. Una vera, che insegna alle scolare, non maestra per modo di dire. Ogni volta che ci vediamo mi dice che dovrei leggere, informarmi. Io le rispondo che mi bastano gli strilloni e quello che ascolto dalle lavandaie.

In realtà ho un segreto che non le ho ancora rivelato: ho riempito il taccuino dell'Emilio di parole ricopiate, usando una piuma d'oca come quella che avevo tenuto in mano durante la firma alla Camera del Lavoro. Mi piace vedere come si formano le lettere, fluide, sotto la mia mano traballante. L'Emilio mi direbbe che da qualche parte bisogna pur iniziare.

Non mi vergogno più di balbettare in pubblico. Parlo poco e preferisco agire. Quando posso, canto. Quasi sempre da sola. A volte, quando è di buonumore, lo faccio con Chiara.

L'ho presa sotto la mia ala fin da subito, dopo lo sciopero. Era stata talmente maltrattata dalla sua maestra che aveva quasi paura di camminare da sola per la via dove questa viveva.

La mamma all'inizio era contraria a portare un'altra piscinina in casa, ma io la convinsi che quel gesto era importante, che se non facevamo noi qualcosa per prime la situazione non sarebbe mai migliorata. E Chiara non aveva una famiglia: aveva solo me.

Ho imparato ad abbracciarla. Mi riesce solo con lei, è vero, ma per me quel gesto è importante. So come consolarla quando sta male e adesso riconosco la forza salvifica di un abbraccio.

Chiara non mi mollò neanche quando crebbe. La trattai come la figlia che non ho mai avuto e lei mi ricambiò con un affetto unico.

Anche ora, quando non la vedo per qualche giorno, mi preoccupo. Si è sposata con un bravo guantaio, ma lavora ancora da me, per mantenere la sua indipendenza.

La pioggia cade ancora più fitta.

Mi volto e scorgo l'Achille e la Lisa, si tengono per mano e guardano la bara che viene calata. Lui la ripara con un ombrello troppo piccolo e si prende tutta l'acqua sulla fronte. Hanno conosciuto l'Emilio perché lo vedevano spesso nel nostro quartiere, poi sono venuti a sapere che era famoso. Il suo nome è diventato importante, tanto da rendermi fiera di essergli stata accanto anche quando non era un personaggio così noto. L'Achille e la Lisa non gli sono affezionati, ma immagino che non si perderebbero mai un evento mondano che conti, fosse anche un funerale.

Non li vedo quasi mai. Se li incontro per strada, sempre insieme sottobraccio, sono io ad abbassare lo sguardo. Proprio come avevo immaginato, non ho mai accettato davvero quello che è successo. Nonostante la neve dei ricordi sia caduta in più inverni, a più riprese.

Ho frequentato qualche uomo, ma non ho mai smesso di paragonare quello che provavo al sentimento che mi aveva suscitato da giovane l'Achille. Forse non ho mai smesso nemmeno di odiare la Lisa, di quell'odio che solo un'amicizia così forte può generare. Quel che è certo è che non ho più avuto un buon rapporto con le carezze di un uomo. Non credo che questo cambierà, ma ho imparato che la vita lascia sempre qualche margine di sorpresa.

Mio malgrado ho conosciuto la figlia della Lisa e dell'Achille.

Passavo per la strada dove erano andati ad abitare dopo aver fatto qualche commissione per il mio lavoro in negozio, quando vidi questa bambina staccarsi dalla mano della madre per venire verso di me.

La Lisa mi studiava da lontano.

«Ciao» mi disse la piccola.

Aveva gli stessi occhi azzurri della madre e un ciuffo sulla fronte che pareva indomabile. Uguale a quello del papà. Non ne ero sorpresa.

«Ciao, piccola» risposi.

«Ha detto la mamma se vuoi venire al parco con noi».

Guardai la Lisa e vidi che mi stava sorridendo. Non so cosa avesse in mente né cosa mi volesse dire, dopo tutti quegli anni. Magari sentiva solo la mancanza di qualcuno che la fissasse nel modo in cui io l'ho sempre guardata: con una profonda, autentica ammirazione.

«Ringrazia la tua mamma, ma sono molto impegnata. Facciamo un'altra volta».

Sapevo che non ci sarebbe stata un'altra volta.

Osservai quella bimba correre verso la madre, per riferire la risposta. La Lisa mi fece cenno con la mano, io continuai a camminare.

Non si può perdonare chi non ha colpe. La Lisa, dopotutto, almeno agli occhi della donna che sono diventata, non ne ha. Ma si può decidere di perdonare se stessi per non essersi amati abbastanza. Mi concedo il lusso di perdonarmi per non essermi abbracciata quando la vita costava più fatica. Per non aver abbracciato Carolina, o mia madre, quando ancora potevo farlo. Per non aver chiesto scusa come si deve all'Angelica.

«Vuoi fermarti da me a prendere un tè?» mi chiede la Fiorenza. «Ci sono poche persone».

«Grazie, ma preferisco venirti a trovare un'altra volta, da sola».

«D'accordo. Grazie per essere venuta. Passa in studio, appena puoi. C'è una cosa che devo mostrarti».

«Non mancherò».

Mi avvio sotto la pioggia, oltrepasso lo sguardo dell'Achille e la sagoma della Lisa. Uno mi guarda, per l'altra sono un fantasma. Loro due insieme sono lo specchio di tutte le mie paure dell'infanzia, quando la solitudine era vissuta come abbandono.

Percorro la strada verso Porta Romana, raggiungo piazza Duomo, quasi deserta, a quest'ora e con questo acquazzone. L'odore dei ciottoli ricoperti di pioggia sa di casa.

Vedo avanzare tre bambine con il telegramma sulle spalle. Fanno di tutto per ripararsi dalla pioggia. Hanno l'aria agitata, si staranno chiedendo cosa mai dirà la maestra se le stoffe che stanno consegnando arriveranno alla contessina di turno bagnate fradice.

«'Spetta, che vai troppo in fretta».

«Non così veloce, Pia».

«Dài che si bagna tutto».

Le loro voci si rincorrono, sovrappongo al volto di quelle bambine i nostri di un tempo. La Lisa, l'Angelica, io. Le tre piscinine. Uno scatto mai realizzato.

Noi non abbiamo camminato insieme per le vie di Milano, perché ognuna aveva una maestra diversa e clienti diverse, ma è come se lo avessimo fatto. Mi immagino ancora bambina, mentre porto il telegramma. Vedo il viso della Lisa che mi incita a proseguire, scuote la testa quando mi fermo, mi dice di aspettarla all'androne. Scorgo l'Angelica che controlla se il seno le è ancora cresciuto, si liscia i boccoli biondi e ci confida di essersi presa l'ennesima cotta.

La loro amicizia mi serviva anche a sentire meno la fatica.

Chi lo sa se il nostro sciopero è servito a qualcosa, se adesso quello scatolone pesa di meno.

Poi sento una di loro che esclama: «*Mi stasera ghel disi*. Pesa troppo questo coso».

«Sono con te. Ci devono pagare di più».

«Dobbiamo difendere i nostri diritti».

Non posso fare a meno di sorridere.

Le guardo mentre si allontanano sotto il portico, strizzano l'acqua dai vestiti e dai capelli, una di loro tira fuori una sigaretta. La passa alle altre due e si fermano a fumare, guardando la pioggia scendere. Si concedono una pausa, come noi forse non ci saremmo mai azzardate a fare.

Ancora rammento quando mio fratello Roberto mi lesse quell'articolo appena dopo il nostro sciopero. Mi risuona una frase in particolare:

> ...diverranno lavoratrici oneste, combatteranno cento altre battaglie con la convinzione profonda di una verità appresa da bambine, molte diverranno madri; i loro figli certo non saranno crumiri. Su, camminate bambine! [12]

«Su, camminate bambine» bisbiglio.

12 *L'Avanti!*, giugno 1902.

Epilogo

Sono anni che non entro in questo studio.

L'Emilio mi ha fatto salire solo una volta, dopo una sua esposizione a Brera, per farmi vedere *L'oratore dello sciopero*. È il suo quadro più famoso, forse anche quello più criticato. Almeno così mi racconta la Gianna, che legge tutto quello che riguarda "il mio amico pittore" e si vanta di averlo conosciuto. Quando vidi il quadro dell'oratore per la prima volta, gli dissi che avrei voluto essere l'uomo che parla davanti a tutti, tanto coraggioso. Oggi sono sicura di non volere questo per me. Né le luci della ribalta né la capacità di ammaliare le persone attraverso le parole. Sono quella che preferisce avvolgere le saponette nella velina e guardare negli occhi la gente, senza dire nulla. Ne vado fiera.

Busso alla porta dello studio e Fiorenza mi apre subito.

La stanza, illuminata dalla luce naturale del sole, è ampia, come la ricordavo, meno polverosa di quello che mi aspettavo.

I quadri dell'Emilio, quelli ancora non esposti e quelli che lo sono stati e poi sono tornati a lui, sono tutti lì. Scene agresti e volti del popolo si alternano.

«Eccoti qui, togliti il cappotto» dice Fiorenza.

Obbedisco e lo appoggio sull'appendiabiti all'ingresso.

«C'è ancora il quadro che stava dipingendo» dice, «ovviamente raffigura le sue adorate montagne».

Lo sfiora.

Per terra, pennelli sporchi e uno straccio bianco.

«Non riesco a toccare nulla» si giustifica lei, «penso che se lascio tutto così com'è magari tra poco entrerà dalla porta e lo finirà, questo quadro».

Mi avvicino e riesco a vedere dove il pennello si è fermato sul disegno. Il verde del prato. Stava dipingendo una scena montana, con un pastorello che conduce le sue pecore.

«Tornare qui gli pesava, ma c'erano il lavoro, i suoi amici e… tu».

Mi guarda. Non c'è astio sul suo volto segnato dal tempo. È una bella donna, Fiorenza, con le braccia forti di chi ha vissuto nei pascoli e le guance rosse. Lo è ancora adesso che è anziana.

«So chi sei, Nora» dice, «l'ho sempre saputo che l'Emilio aveva una relazione con la tua mamma. Ma ti ho voluto bene lo stesso. Come non volertene? Eri così piccola quando ti ho conosciuta. Lui mi parlava spesso di lei, ma ancora più spesso di te. Alla fine sei come la figlia che non abbiamo avuto».

Ci abbracciamo. Posso capire quello che prova. Anche per me Chiara è così. Una figlia che non potrò mai avere, dato che ormai l'età è passata.

«Fiorenza» dico, pesando bene le parole. Quando mi concentro tanto ora riesco a non balbettare. Dicono dipenda tutto dalle emozioni. «Non ho mai capito cosa ci sia stato tra la mia mamma e l'Emilio. Ma sono sicura che lui ti abbia amata moltissimo».

Lei tira su col naso.

Oltre la sua spalla uno dei dipinti attrae la mia attenzione.

Una donna è riversa sul tavolo di casa, accanto alla finestra da cui entra una luce quasi insopportabile. Indossa un abito nero, in segno di lutto, tiene le mani giunte. I gigli in primo piano fanno indovinare la bara su cui sono poggiati, richiamano la purezza e la morte.

«*Sola*» mormora lei, «il quadro di cui forse era più geloso».

«Quei gigli e la piccola bara…» mormoro. «Allora è questo il quadro che tanto fece infuriare mio padre».

Osservo la testa rossiccia della madre, con i capelli raccolti in uno chignon. Non si vede il volto, ma si può intuire la maschera di dolore. So che era lei. L'unica donna che l'Emilio abbia amato più della Fiorenza.

«Prima che io nascessi» dico, «la mamma aveva dato alla luce una bambina».

«Elisabetta» conferma la Fiorenza.

Ci guardiamo, ma nessuna delle due ha il coraggio di parlare. Trattengo il fiato. Ricordo bene le scenate di mio padre, quando rinfacciava a mia madre di aver ispirato questo dipinto.

«Elisabetta» ripeto.

Nel quadro che raffigura mia madre, sola, è imprigionata la sofferenza di una vita.

«È un dipinto bellissimo» dico, «come tutti gli altri, del resto».

«Ce ne sono alcuni che sono appena rientrati da una mostra e che l'Emilio voleva farti vedere, prima o poi. Ultimamente era diventato più romantico e blaterava certi nomi, non so… Ti dice niente Lisa? O Angelica o… Achille?».

Fiorenza si prende il viso tra le mani.

«Perdonami, sono una sciocca a chiederti queste cose. Sai, lui diceva che un quadro non smette mai di essere finito, fino a che l'artista è in vita. Li ritoccava in maniera quasi ossessiva. Lo pregavo di darsi pace, di farne altri, che non avevamo tutti questi soldi, ma lui continuava a metterci mano».

«Bisogna andare oltre la tela» mormoro. Seguo la Fiorenza fino all'angolo più buio della stanza.

«Eccoli qui» dice lei, «questa è la Lisa, a quanto pare».

Non ho il coraggio di dirle che l'Emilio mi mostrò quel quadro in un momento terribile della mia vita. E che ne provai rabbia.

L'Ombra non ha mai smesso di essere presente. Mi segue, proprio come dovrebbe fare un'ombra, senza raggiungermi mai.

Rimango a fissare la tela, con la bambina bionda che ammicca.

«Lui invece è l'Achille».

Trattengo il fiato.

«Il quadro s'intitola *Riflessioni di un affamato* e non è più mio. Me lo ha portato il suo amico Pietro prima del funerale, ma ovviamente lo rivuole indietro. Ti piace?».

«Mo… molto» balbetto.

Vedere l'Achille, così ben rappresentato, le mani in tasca, lo sguardo verso la coppia di aristocratici, intirizzito dal freddo, mi ha provocato una morsa al cuore. Ma c'è di più.

La coppia dietro la vetrina del locale, intenta a mangiare, al caldo, con l'uomo biondo di spalle, ha attirato la mia attenzione.

Lei ha attirato la mia attenzione.

Più la guardo e più mi chiedo come sia possibile che io stia fissando Rossella, la prostituta con cui mi sedetti all'addiaccio, una notte di tanto tempo fa, quando poi trovai rifugio dall'Emilio. Sono piuttosto sicura di non avergliela descritta, eppure i tratti di quell'aristocratica sono quelli di Rossella. L'Emilio ha giocato col suo volto e l'ha trasformata in una ricca signora che l'Achille sta invidiando.

«Nora, tutto bene?» mi chiede la Fiorenza.

«Sì, grazie» mento. Mi gira la testa. Come conosceva tutta la mia storia, l'Emilio? Anche le cose che non dicevo a nessuno.

«Lui ti voleva così bene» dice sua moglie, «che spesso sapeva di te cose che… non gli avevi detto».

Ridacchia.

«Credo ti seguisse nelle sue notti milanesi. Spesso soffriva d'insonnia e cercava ispirazione».

Non pensavo di essere così importante per lui.

C'è un'opera coperta da un telo bianco.

«Ti ho chiamata per questo quadro in particolare» dice la Fiorenza.

«Di che si tratta?».

«Ti dico subito che non posso dartelo, perché è stato venduto molto tempo fa. Anche se l'Emilio ha insistito per ritoccarlo più volte. Possiamo dire che ne era ossessionato».

Si zittisce un attimo, persa, poi commenta: «Ora è finito».

«Posso vederlo?».

La Fiorenza mi sorride.

«Siediti sul suo sgabello».

Tutto questo mistero mi sta mettendo ansia. Obbedisco, non vedo l'ora che tolga il telo.

Spero solo che non ci sia dietro la Lisa o peggio l'Angelica col pancione o con il figlio che non ha mai avuto. A questo punto dal mio amico pittore posso aspettarmi di tutto.

La Fiorenza libera il quadro dal panno bianco.

Rimango interdetta. È come guardarsi allo specchio, ma quello di molti anni fa.

Ero così piccola.

L'espressione tranquilla, gli occhi chiari, la frangetta nera che la mamma mi tagliava appena ricresceva un pochino. Quella collana di perle blu, che non sapevo essere di bigiotteria e dunque di nessun valore. Il mio vestitino rosa a balze, che adoravo, e l'immancabile telegramma. L'Emilio mi chiese di posare appena mi vide.

Ricordo le sue mani sul foglio, mentre rubava quel momento. Pensavo che non mi avesse ritratta alla fine perché non all'altezza.

«Sei tu» dice la Fiorenza, «ti riconosci?».

Annuisco. Sono senza parole.

«Eri una bambina così bella. Lui ti chiamava la bambina di Milano, però ha voluto intitolare questo quadro *La piscinina* e metterti sotto i porticati, perché voleva che tu rappresentassi qualcosa di più grande. Sai che ce l'aveva con la borghesia».

Non riesco ancora a dire nulla.

«Quant'è stato fiero di te quando ha saputo dello sciopero!».

Sono scossa da singhiozzi prepotenti.

«Nora» cerca di consolarmi la Fiorenza, una mano sulla mia spalla.

«Perché non me… non me lo ha mai…» balbetto.

«Forse perché temeva questa reazione? Non lo so. Voleva che arrivasse da te al momento giusto. Una volta finito. E sapeva che l'avrebbe ritoccato per tutta la vita».

Non avrei saputo comprendere, anni fa, perché avesse deciso di ritrarre la Lisa in un momento di pausa e me al lavoro. Adesso invece lo capisco. Rappresento l'intera schiera di bambine che ancora sono là fuori, a combattere per i loro diritti.

«*Mi son la piscinina*» recito, senza incepparmi. «*Mi son la piscinina che gira per Milàn; girà sira e mattina l'è 'l solito me trantran, poeu, quand l'è sira fada, stufa, straca, coppada, con ona fam de loff, voli a cà mia in d'on boff*».

L'ho detto senza interrompermi, con le guance rigate di lacrime, mentre non riesco a tenere testa agli occhi magnetici della piccola nel quadro.

Mi riconosco, ora. Quello sguardo introverso, per nulla socievole, ma sincero, è il mio. Sono rimasta quella.

L'Emilio mi ha regalato un attimo di eternità. Rabbrividisco solo al pensiero.

«*Son mi*» piango.

La Fiorenza mi lascia singhiozzare, mi prende la mano e insieme guardiamo la piscinina nel dipinto, che a tratti sembra commuoversi, a tratti ci guarda con superiorità.

«Sei tu, Nora» dice la Fiorenza, «per lui sei sempre stata tu. La sua bambina di Milano».

Ringraziamenti

Quando ero piccola, un giorno mio padre tornò a casa con un quadro. «L'ennesima cianfrusaglia che finirà in soffitta» disse la mamma. Ma lui si giustificò: «Ho fatto un affare. Guarda com'è bella. E ti somiglia».

Dovevo essere proprio tanto piccola, perché in pochi giorni il ricordo si mescolò all'immaginazione e alle fotografie di mia madre, e quel quadro divenne una delle tante immagini della mamma "quando aveva la mia età".

Invece lei è *La piscinina*, di Emilio Longoni.

Devo dire prima di tutto grazie al destino per avermi fatto incappare in questa storia incredibile, che ho avuto davanti al naso per gran parte della vita.

Grazie per l'immenso lavoro ad Alessandra Penna, per aver accolto entusiasta la mia proposta di lavorare a un romanzo su uno sciopero femminile realmente accaduto, a Milano.

E ci abbiamo lavorato, eccome se ci abbiamo lavorato. Ho editato il mio primo romanzo con Alessandra e non pensavo sarebbe stato come tornare a casa, lavorare a un nuovo testo con lei.

Dopodiché nella mia vita è ricomparsa un'altra persona che avevo incontrato in passato: Loredana Rotundo.

A lei devo le magie accadute in seguito, la pazienza, il saperci essere con decisione e discrezione.

C'è una terza donna che appare nella storia della pubblicazione di questo romanzo: Sandra. Sandra Ozzola. Lei è stata la prima persona a leggere il testo finito, la prima a volerlo e a passarlo a Sandro Ferri.
Sono grata a queste persone, prima ancora che a tutti coloro che sono venuti e verranno successivamente, per aver creduto nella storia di Nora.
Grazie a Margherita Pigliapochi e a Francesca Aimar, per il supporto in questa nuova avventura.
Grazie a Giorgia Calò, Giulio Passerini, Simona Olivito, Gianluca Catalano, Claudio Ceciarelli e a tutta la famiglia E/O.
Non potevo immaginare un percorso migliore di questo.

Grazie a tutti i librai che hanno deciso di ospitare il tour della *Piccinina.*
Sono grata all'Unione Femminile delle donne di Milano, per avermi aiutato nella ricerca svolta per la prima stesura.
Grazie alle mie amiche Sara, Francesca, Silvia, Simona e Giada, perché ciascuna ha ascoltato in tempi e modi differenti la storia della Piccinina e ha fatto il tifo perché trovasse la sua strada.
Grazie alle mie autrici della Writing Academy, un luogo sicuro dove rifugiarsi, imparare e confrontarsi.
Grazie a mamma Lela per l'amore mai scontato e a papà Alfredo per lo stesso identico motivo.
Grazie a mio marito, che ci crede sempre più di quanto faccia io.
Grazie a te, che hai letto o leggerai questo romanzo. Che tu possa trascorrere momenti emozionanti in compagnia della Piccinina.

Finito di stampare il 21 settembre 2023
presso Arti Grafiche La Moderna di Roma